광해록

광해록 13

초판 1쇄 인쇄일 2015년 11월 9일 ㅣ **초판 1쇄 발행일** 2015년 11월 12일

지은이 조 휘 ㅣ **펴낸이** 곽중열 ㅣ **담당편집 팀장** 이범수
편집부 신연제 이윤아 김호성 김은경

펴낸곳 (주)조은세상 ㅣ **출판등록** 제 2002-23호
주소 경기도 연천군 미산면 청정로 1355
TEL 편집부 02)587-2966 ㅣ FAX 02)587-2922
e-mail bukdu@comics21c.co.kr

ⓒ조 휘 2014
ISBN 979-11-5832-342-4 ㅣ ISBN 979-11-5512-853-4(set) ㅣ 값 8,000원

NEO ALTERNATIVE HISTORY FICTION

조휘 대체 역사 장편소설 **13**

북두
(주)좋은세상

CONTENTS

광해록

NEO ALTERNATIVE HISTORY FICTION

1장. 분투(奮鬪)

光海錄

1장. 분투(奮鬪)

　호리요 요시하루가 자리를 비운 갓산토다성의 수비는 친
족인 호리요 나가마사가 맡았다. 영주가 없는 성을 지키는
일은 아주 중요했다. 영주가 잠시 자리를 비운 사이에 거성
(居城)을 잃는다면 그 일만큼 당혹스러운 게 없을 것이다.

　영주가 자리를 비운 사이에 거성을 잃는 이유는 크게 두
가지였다. 하나는 적이 기습해 성을 빼앗기는 경우였다.
그리고 다른 하난 부하가 반란을 일으켜 성이 넘어가는 경
우였다.

　호리요 요시하루는 신중한 성격인지라, 자신이 없는 성을
지킬 적임자로 친족인 호리요 나가마사를 임명했다. 호리요
나가마사는 호리요가문에 대한 충정이 남다른 사람이었다.

즉, 배신할 위험이 없는 사람이었다.

또, 성격이 신중한지라, 농성임무에 적합한 사람이었다.

호리요 요시하루는 이런 점들을 고려해 그가 없는 동안 성을 지킬 대리성주(代理城主)로 호리요 나가마사를 임명했다.

호리요 나가마사는 그 믿음에 보답하기 위해 머리를 열심히 굴렸다. 그 결과, 조선군의 기습만 막아낸다면 성을 잃을 일이 없을 것 같았다. 호리요 나가마사는 병력 대부분을 바깥 성벽에 배치했다. 갓산토다성 남동쪽에는 도다강이 흘렀다. 그리고 북서쪽에는 지형이 험한 산이 펼쳐져 있었다.

도다강과 험한 산이 해자역할을 해주어 그가 성벽만 제대로 방어한다면 기습당할 가능성은 없는 것이나 마찬가지였다.

그러나 호리요 나가마사가 간과한 게 있었다. 사실, 호리요 나가마사가 아닌, 그 누구라도 간파하긴 쉽지 않았을 것이다.

어젯밤이었다.

스에쓰구성터에 새로 짓던 마쓰에성에 큰 화재가 발생했다는 보고를 접한 호리요 요시하루는 병력을 뽑아 달려갔다.

마쓰에성은 호리요가문이 갓산토다성을 대신하기 위해

가문의 사활을 걸고 건설하던 새로운 거성이었다. 그야말로 호리요가문이 가진 인력과 재력을 모두 쏟아 부은 공사였다. 그런 마쓰에성에 화재가 발생했으니 호리요 요시하루의 마음은 급하기 짝이 없었다. 그야말로 바람처럼 달려갔다.

그러나 화재현장에 도착한 호리요 요시하루는 발을 동동 구르는 것 외에 다른 방도가 없었다. 불길이 워낙 거센지라, 수천의 병력으로도 결국 진압에 실패한 것이다. 호리요 요시하루는 더 이상 태울게 남아있지 않은 불이 알아서 꺼진 후에야 갓산토다성에 돌아올 수 있었다. 한데 이상한 게 하나 있었다. 불을 끄기 위해 데려갔던 병력과 성에 귀환한 병력에 차이가 있었던 것이다. 병력 차이는 100명이었다.

호리요 요시하루가 데려간 병력이 1만 명이었으면 100명쯤이야 별로 티가 나지 않을 것이다. 그러나 호리요 요시하루가 데려간 병력은 많아야 2천이었다. 눈썰미가 좋은 사람이라면 병력이 그 사이 늘어났다는 느낌을 받을 수 있었다.

그러나 주변 상황이 너무 좋지 않았다. 눈썰미가 좋은 사람이라도 병력이 100명 늘은 것을 눈치 채기 어려운 상황이었던 것이다. 가신, 병사 할 거 없이 모두 전날 밤부터 다음 날 새벽까지 밤을 새워가며 일한지라, 피곤이 극에

달한 상태였다. 그런 상태에선 옆에 누가 있는지 별로 중
요하지 않았다. 그들에게 가장 중요한 건 복귀해 쉬는 거
였다.

그리고 문제가 하나 더 있었다. 밤새 화재를 진압하느라
다들 얼굴에 검댕이 가득했다. 누가, 누군지 알아보기 힘
든 것이다.

호리요 요시하루는 물론이거니와 호리요가문의 가신들
역시 호리요 요시하루와 함께 복귀한 100명에 대해 알지
못했다.

그리고 당연히 그 100명의 정체 역시 전혀 알지 못했
다.

그 100명이 바로 최담령이 지휘하는 별군이었던 것이
다.

조선 최고의 정예부대라 불리는 별군.

사실, 그들의 출신은 아주 다양하다.

무과를 급제한 장교, 말단 병사, 의병, 평범한 농부의 아
들, 아버지가 의원인 중인, 심지어 천인출신마저 몇 명 있
었다.

이혼이 별군을 만들 때 가장 중요하게 생각한 것은 하나
였다.

다름 아닌 실력이었다.

별군은 말 그대로 실력본위(實力本位)의 부대였다.

신분, 지위고하는 선발기준에 전혀 들어있지 않았다.

무조건 실력이 뛰어난 자를 먼저 뽑았다.

장시간에 걸쳐 시행하는 시험에 합격해 별군에 입대한 대원들은 다시 강도 높은 훈련을 받아야했다. 평범한 사람들은 한 달, 아니 하루조차 견디지 못할 강도의 강훈련이었다.

별군이 그런 훈련을 참고 받을 수 있었던 이유는 두 가지였다.

그 중 하나는 애국심이었다.

이들은 대부분 임진년과 정유년의 전쟁을 직접 거친 세대였다.

나라에 힘이 없으면 어떤 고통을 당하는지 자기 눈으로 직접 본, 그리고 경험한 자들이었다. 마음가짐 자체가 다른 것이다.

두 번째 이유는 돈이었다.

흔히 애국심이 밥을 먹여주진 않는다는 말을 하는데 일정부분은 사실이었다. 굶어가면서까지 나라를 위해 애쓰신 분들이 있긴 하지만 모든 사람이 그렇게 할 수는 없는 것이다. 사실, 그렇게 하셨기에 그분들이 업적이 더 대단한 것이다.

대부분의 사람은 먹고 살 자구책이 반드시 필요했다.

특히, 가족이 있는 사람들은 더 그러했다.

가장이 가족을 먹여 살리지 못하면 그보다 더한 불행은 없었다.

별군은 병조 도원수 산하에 있는 도원수 직할부대였다. 별군이 정예부대라지만 임금체계는 일반 부대와 별 차이가 없었다.

다만, 별군은 특수작전을 수행하는지라, 위험수당이 존재했다. 그리고 그 위험수당이 생각보다 많았다. 별군에 갓 입대한 대원조차 대대장에 상응하는 녹봉을 받았다. 육군 병사 중에는 별군이 가지는 특수성과 후한 녹봉을 동경하는 이가 많았다. 그러나 부대 특성상 많이 뽑지 않는지라, 작년의 경우에는 거의 3000명이 열 개의 자리를 놓고 경쟁했다.

최담령을 비롯한 별군 대원 한 명을 먹이고 입히고 훈련시키는데 들어가는 비용은 엄청났다. 별군 대원들 역시 이점을 누구보다 잘 알았다. 그리고 조국이 그들에게 이런 투자를 하는 이유가 이런 때를 위해서임을 누구보다 잘 알았다.

최담령은 분대장 열 명을 불렀다. 별군은 분대 열 개로 이뤄져있었다. 그리고 분대는 열 명씩으로 이뤄져있었다. 여러 가지 편제를 놓고 실험해본 결과, 그게 가장 합리적이었다.

분대장을 소집한 최담령은 반은 혼마루 천수각쪽으로,

그리고 반은 혼마루 본전(本殿)에 보냈다. 그들에게 내린 명령은 간단했다. 천수각과 본전에 불을 지르라는 명령이었다.

화르륵!

잠시 후, 혼마루 본전에 검은 연기가 치솟았다.

연기는 곧 화광으로 바뀌었다. 화광은 다시 검은색 연기로 바뀌어 그 일대를 뒤덮었다. 별군은 불 지르는데 도사였다.

어디를 어떻게 해야 불이 빨리 번지는지 누구보다 잘 알았다.

얼마 지나지 않아 시뻘건 화염이 지붕까지 뒤덮었다.

왜국은 한반도만큼이나 산이 많은 곳이었다. 그리고 산이 많다는 것은 나무 역시 많다는 것을 뜻했다. 즉, 집을 만들 때 필요한 가장 중요한 재료 중 하나가 풍부하단 말이었다.

조선은 집을 만들 때 나무만큼이나, 흙과 돌을 중요한 재료로 사용했다. 그러나 왜국은 가공이 쉬운 나무를 유독 많이 사용했다. 1995년 한신지역에 대지진이 일어났을 때 유독 고베의 피해가 컸던 이유 중에 하나가 바로 목조건물이 많았기 때문이었다. 고베는 다른 지역보다 목조로 지은 건물이 더 많아 피해가 컸는데 지금이야 두 말할 필요가 없었다.

목조건물은 당연히 화재에 취약했다.

혼마루 본전에서 일기 시작한 불은 금세 사방으로 번져
갔다.

인력으로 감당하기 어려운 위력과 규모였다.

혼마루 본전에 화광이 충천할 무렵, 근처에 있던 천수각
위에 시커먼 연기가 올라오더니 이내 불꽃이 사방으로 흩
날렸다.

천수각쪽으로 간 대원들 역시 불을 지르는데 성공한 것
이다.

"좋았어. 이제 매복한다."

고개를 끄덕인 최담령은 대원들과 구루와를 나와 니노마
루 쪽으로 후퇴했다. 곧 바깥 성벽을 지키던 병력이 불을 끄
기 위해 산노마루와 니노마루를 지나 혼마루로 이동했다.

대리성주인 호리요 나가마사가 병력을 바깥 성벽에 집
중한지라, 혼마루의 화재를 진압할 인력이 부족했던 것이
다. 그래서 바깥 성벽에 있던 병력을 혼마루 쪽으로 불러
올렸다.

혼마루에 난 불로 인해 다들 정신이 없는 모습이었다.

병력이 대충 빠진 것을 확인한 최담령은 손짓으로 명을
내렸다.

그 즉시, 대원 반이 니노마루에 있는 성문 쪽으로 이동
했다.

1분대장이 김돌석을 불러 명했다.

"경계병을 처리해라."

"예."

김돌석은 메고 있던 보따리를 풀어 각궁을 꺼냈다. 각궁은 합성궁으로 위력이 아주 출중한 조선의 활이었다. 용아를 지급받은 보병은 각궁을 더 이상 사용하지 않았지만 지금의 별군처럼 특수목적 부대에서는 여전히 애용하는 무기였다.

분대장의 신호를 받은 김돌석은 각궁에 화살을 하나 재었다.

"후우."

숨을 짧게 내쉰 김돌석은 땅을 향해있던 각궁을 그대로 들어올렸다. 그리곤 니노마루 성문을 지키는 왜군을 겨누었다.

쉭!

시위를 놓는 순간, 한 차례 출렁한 화살이 섬전처럼 날았다.

푹!

화살은 왜군의 목에 정확히 틀어박혔다.

실로 무시무시한 솜씨였다.

시위를 놓은 김돌석의 손은 화살이 왜군의 목에 박힐 때이미 두 번째 화살이 든 화살통에 있었다. 손에 화살 깃이 잡히는 순간, 바로 꺼낸 김돌석은 물이 흐르는 듯한 자연스러운 동작으로 두 번째 왜군을 겨누었다. 속도가 얼마나 빠른지 그 왜군은 갑자기 쓰러진 동료를 쳐다보는 중이었다.

쉭!

두 번째 시위를 놓음과 동시에 두 번째 왜군이 바닥을 굴렀다.

김돌석은 두 종류의 궁술에 능했다.

하나는 활을 이용한 원거리 저격이었다. 저격은 활과 용아 둘 모두 능했다. 그런 면에서 보면 재능을 타고난 사람이었다.

그리고 다른 하나는 속사(速射)였다. 손이 아주 빨라 과장 좀 보태면 화살이 계속 날아드는 듯한 착각을 일으켰다. 물론, 손만 빠르다고 좋은 건 아니었다. 정확도가 같이 필요했는데 김돌석은 손이 빠름과 동시에 정확도 역시 뛰어났다.

김돌석은 네 개의 화살을 쏘았다. 그리고 네 명을 쓰러트렸다. 성문을 지키던 왜군 네 명은 원래 서있던 자리에 그대로 쓰러져있었는데 마치 한 번에 기습을 당한 형상이었다.

분대장이 김돌석에게 엄지를 척 올려보였다.

"역시 대단하군."

"과찬이십니다."

"이제 넌 엄호에 집중해."

"알겠습니다."

화살통을 다시 둘러멘 김돌석은 근처 성벽 위로 올라갔다. 그 사이, 분대장의 지시를 받은 다른 대원 두 명이 문으로 향했다. 그리곤 가방에 든 용폭을 꺼내 성문에 설치했다.

성벽 위에 올라가있던 김돌석이 휘파람을 날카롭게 불었다.

왜군이 온다는 뜻이었다.

분대장의 말이 빨라졌다.

"도화선은?"

"설치했습니다."

"그럼 이제 벗어나자."

"예."

용폭을 설치한 대원들은 고양이처럼 재빨리 피했다.

성벽 위에 올라가있던 김돌석은 이미 분대에 합류해있었다.

도화선을 든 대원이 분대장에게 물었다.

"터트릴까요?"

그 말에 잠시 생각하던 분대장이 고개를 저었다.

"아니. 기다린다."

"예."

별군은 상명하복이 엄격했다.

워낙 위험한 임무들을 단독으로 맡아 하는지라, 지휘체
계가 흔들리면 비참한 죽음을 맞을 수밖에 없는 곳이 별군
이었다.

대원은 이유를 묻지 않았다.

그저 시키는 대로 기다릴 뿐이었다.

그때, 김돌석이 보았던 왜군 100여 명이 니노마루 성문
쪽으로 뛰어왔다. 혼마루 화재를 진압하기 위해 가는 모양
이었다.

왜군 선두가 성문을 지났다. 그리고 뒤이어 가운데 있던
왜군이 우르르 몰려 들어갔다. 성문이 좁아 병목현상이 일
어났다.

"불을 붙여."

분대장의 지시에 부싯돌을 든 대원이 도화선에 불을 붙
였다.

성벽 밑에 있는 풀숲에 숨겨놓았던 도화선이 타들어가
기 시작했다. 도화선이 확실히 타는지 확인한 분대장이 돌
아섰다.

콰콰쾅!

그 순간, 엄청난 폭음과 함께 성문이 무너져 내리기 시
작했다.

당연히 성문을 지나던 왜군은 무사하지 못했다.

성문 위에 있던 돌들이 쏟아져 지나가던 왜군을 집어삼켰다.

"가자."

분대장은 바로 으슥한 곳을 골라 다음 장소로 향했다. 두 번째 역시 니노마루에 있는 성문이었다. 이번에는 더 쉬웠다.

지키는 병력이 얼마 없었다. 같은 방법으로 성문을 폭파한 별군은 산노마루 쪽으로 퇴각했다. 니노마루에 있던 성문들은 별군의 파괴공작에 당해 거의 무너진 상태나 다름없었다.

왜군이 무너진 성문을 복구해 밑으로 내려오려면 시간이 걸릴 것이다. 그러나 최담령은 거기서 그치지 않았다. 확실한 것을 좋아하는 성격인지라, 산노마루 성문도 폭파했다.

용폭이 터지며 나는 굉음이 연달아 울리며 갓산토다성을 혼란의 도가니에 빠트렸다. 혼마루와 천수각에 난 화재에 이어 니노마루와 산노마루의 성문마저 무너지니 정신이 없었다.

그 틈에 바깥 성벽, 즉 소가마에로 내려온 별군은 갓산토다성 정문을 지키는 왜군을 눈여겨보았다. 소가마에를 지키는 병력은 5, 600명으로 보였다. 그리고 그 중에서 성문을 지키는 병력은 1, 200명이었다. 충분히 해볼 만한 숫자였다.

만약, 혼마루에 불을 지르지 않았다면 별군이 상대해야
할 숫자는 2천이 훨씬 넘었을 것이다. 최담령은 시간을 계
산했다.

성문을 폭파해 시간을 벌긴 했지만 성벽을 넘으면 그만
이었다. 즉, 그들에게 남은 시간이 그렇게 많지 않다는 뜻
이었다.

최담령의 시선이 소가마에 바깥쪽으로 향했다.

그리고 귀를 기울였다.

조선군이 당도한 듯한 소리는 나지 않았다.

최담령의 미간에 내 천자(川字)가 만들어졌다.

마쓰에항에 상륙한 조선군과 공성시간을 제대로 맞추지
못하면 그들은 성문에 고립당해 천천히 죽어갈 수밖에 없
었다.

부대장이 다가왔다.

"어찌 하시겠습니까?"

"이번에 오는 게 누구라 했지?"

"해병대의 방덕룡장군이라 들었습니다."

그 말에 고개를 끄덕인 최담령이 왜도 칼자루에 손을 올
렸다.

"그를 잘 아나?"

"잘 모릅니다. 그러나 신의를 지키는 사람이라고 들었
습니다."

최담령은 고개를 끄덕였다.

"좋아. 그를 한 번 믿어보겠다."

"하면?"

"대원들을 준비시키게."

"예."

별군은 웅성거리는, 그리고 당황한 얼굴로 대화를 나누는 성문 수비대에게 걸어갔다. 성문 수비대는 그들을 힐끔 보았다.

그들과 같은 호리요군의 복장을 한 자들이었다.

다만, 다른 점을 굳이 찾으라면 그들의 얼굴에 여전히 검댕이 잔뜩 묻어있다는 사실이었다. 성문 수비대 역시 어젯밤 마쓰에성 화재를 진압하느라 얼굴에 검댕을 묻히긴 했지만 복귀해 휴식을 취한 후에는 깨끗이 닦은 상태였던 것이다.

얼굴에 검댕이 묻은지라, 얼굴을 알아보기 힘들었다.

그러나 의심하는 눈빛은 아니었다.

성 안에 적이 있으리라곤 전혀 생각하지 못하는 듯했다.

그저 게으른 놈들이라 생각했다.

가신으로 보이는 자가 다가와 왜국말로 뭐라 물었다.

최담령이 고개를 돌리니 옆에 있던 통역병이 얼른 통역했다.

"우리에게 이곳에 왜 왔는지 묻는 중입니다."

"임시 성주의 명으로 성문 수비 임무를 교대하러 왔다고 전하게."

"예."

통역병은 질문을 던졌던 가신에게 그대로 대답했다.

잠시 생각하던 가신이 다시 물었다.

통역병은 대충 둘러대며 임시 성주의 명임을 강조했다.

알았다는 듯이 고개를 끄덕인 가신이 부하들에게 손짓했다. 그 즉시, 성문을 지키던 병력이 산노마루 쪽으로 이동했다.

그들은 추호도 의심하지 않았다.

오히려 너무 순조로워 이쪽이 불안할 지경이었다.

최담령은 턱짓으로 텅 빈 성문을 접수하란 명을 내렸다.

대원들이 재빨리 성문과 성루 위로 몸을 날리려는 순간.

방금 성문을 비워주었던 가신이 다시 소가마에로 내려왔다.

최담령은 다시 통역병을 보내 가신을 상대하게 했다.

통역병에게 몇 마디 묻던 가신이 그를 밀치더니 최담령에게 걸어왔다. 그 가신 역시 난세를 헤쳐온 자이기에 그리 호락호락하지 않았다. 능력이 없었다면 벌써 죽었을 것이다.

가신은 단번에 별군의 대장이 최담령임을 알아보았다.

별군 대장이 최담령에게 다가와 몇 마디 물었다.

그 뒤를 따라온 통역병이 고개를 옆으로 살짝 저었다.

더 이상 속이기 어렵다는 뜻이었다.

최담령은 가신에게 걸어가 그 앞에 우뚝 섰다. 최담령의 분위기에 눌린 가신은 잠시 흠칫하다가 손가락질을 섞어 가며 묻기 시작했다. 표정과 말투를 봐서는 대단히 화가 난 듯했다.

최담령이 대답하지 않는 것을 본 가신이 손을 칼자루에 얹었다.

쉭!

그 순간, 하얀 섬광이 번쩍하더니 가신의 목이 일자로 갈라졌다. 그리고 최담령의 손에는 어느새 왜도가 들려있었다.

그야말로 섬전을 방불케 하는 솜씨였다.

최담령의 손에 들린 왜도의 날 밑으로 피가 점점이 떨어졌다.

가신은 급히 손으로 자기 목을 틀어막으며 입을 벌렸다. 그러나 말을 뱉어내지는 못했다. 성대마저 같이 잘린 것이다. 손가락 틈으로 새어나오던 피가 급기야 봇물처럼 터져 나왔다.

최담령은 한 발 물러서며 가신의 가슴을 걷어찼다.

뒤로 쓰러진 가신은 꿈틀거리다가 움직임을 멈췄다.

최담령의 턱짓을 본 대원들이 달려와 가신의 시신을 치웠다.

그러나 가신을 따라왔던 왜군 서너 명의 눈을 피하지는
못했다. 그들은 가신이 죽기 무섭게 산 위로 도망치기 시
작했다.

곧 경계경보가 울릴 것이다.

왜도에 묻은 피를 갑옷에 닦던 최담령이 통역병에게 물
었다.

"왜 돌아온 거라고 하던가?"

"우리 행동이 뭔가 미심쩍었던 모양입니다."

"흠."

최담령은 죽은 가신을 힐끗 보며 소리쳤다.

"방어태세에 돌입한다. 지금부터 우린 이 성문을 사수
할 것이다!"

"예!"

대담한 대원들은 성문 주변에 용염 등을 설치했다. 그리
고 각자 맡은 자리를 사수하며 위에서 내려올 왜군을 기다
렸다.

가신이 최담령에게 죽는 모습을 본 왜군이 적지 않았다.
곧 종소리가 어지럽게 울렸다. 결국, 그들의 존재가 드러
난 것이다.

가장 먼저 덮쳐온 것은 성문 양쪽을 지키던 병력이었
다.

먼저 조총의 총성이 울리기 시작했다.

조총의 총성이 울릴 때마다 성첩의 돌가루가 파편처럼 튀었다.

최담령이 소리를 버럭 질렀다.

"엄폐를 확실히 해라! 조총에 맞는 놈은 나중에 경을 칠 것이다!"

"예!"

대답하는 대원들의 목소리에서 두려움은 찾아볼 수 없었다.

오히려 신나하는 듯했다.

지금까지는 일방적인 전투였다.

기습과 암살, 그리고 파괴공작이 전부였다.

그러나 지금은 아니었다.

피가 끓는 전투가 그들을 기다렸다.

조총의 총성이 점점 줄어드는가 싶더니 보병이 얼굴을 드러냈다. 그들은 방패와 왜도, 그리고 단창을 앞세워 성벽으로 올라오기 시작했다. 대원 하나가 죽폭에 불을 붙여 굴렸다.

경사진 성벽을 구르며 내려가던 죽폭이 터지는 순간.

근처에 있던 왜군 대여섯 명이 피를 뿌리며 바닥을 뒹굴었다.

그 모습을 본 최담령이 외쳤다.

"전투가 언제 끝날지 모른다! 무기를 최대한 아껴라!"

"예!"

대원들이 대답하는 순간, 왜군 하나가 성벽 위에 올라섰다. 그러나 그가 성벽 위에 서있던 순간은 촌각에 불과했다. 근처 대원이 왜도를 찔러 왜군 가슴에 구멍을 뚫었다. 그리곤 비틀거리는 왜군을 걷어 차 성벽 밑으로 떨어트려 버렸다.

깔끔한 처리였다.

그러나 이는 시작에 불과할 뿐이었다.

"와아아!"

곧 왜군이 성루 좌우에 있는 문을 통해 짓쳐들어왔다.

순식간에 포위당한 최담령이 급히 지시했다.

"1분대는 좌측, 2분대는 우측을 막아라!"

그 말에 1분대가 얼른 좌측 문으로 이동해 왜군을 막아 갔다.

1분대 대원 김돌석은 성벽 위에 올라가 화살을 쏘았다.

백발백중이었다.

빗나가는 화살이 없었다.

무심코 화살 통에 손을 집어넣었던 김돌석은 잠시 움찔했다. 화살이 더 이상 잡히지 않았다. 그는 밑으로 뛰어내렸다.

그런 그의 손에는 어느새 날이 잘 갈린 단창이 들려있었다.

김돌석의 백병전 능력은 뛰어난 편이었다.

다른 대원과 비교해 떨어질 뿐이지, 젬병이란 소리는 아니었다.

얼굴을 베어오는 왜도를 몸을 젖혀 피한 김돌석은 앞으로 몸을 날림과 동시에 단창을 찔러갔다. 허공을 가른 단창의 날이 왜도를 휘두른 왜군의 가슴에 적중했다. 김돌석은 힘을 주어 밀어붙였다. 당황한 표정을 짓던 왜군이 김돌석의 힘에 밀려 성벽 밖으로 떨어졌다. 그러나 쉴 틈이 없었다.

이번에는 단창과 왜도가 동시에 날아들었다.

김돌석은 성벽 쪽으로 몸을 날렸다.

치이익!

단창과 왜도가 김돌석 대신 옆에 있던 성벽을 긁었다.

김돌석을 기습한 왜군은 성벽을 헛치며 균형을 순간 잃었다.

기회였다.

급히 돌아선 김돌석은 단창을 연속해 찔러갔다.

피 보라가 허공에 퍼지는 순간, 왜군 두 명이 바닥을 굴렀다.

그때였다.

"조심해!"

분대장의 목소리가 들리는 순간.

누가 그를 옆으로 밀어내는 느낌이 들었다.

그리고 그 자리에 단창의 날카로운 날이 섬광처럼 지나
갔다.

고개를 돌린 김돌석의 눈에 어느새 다가온 분대장이 그
를 기습한 왜군과 맞서는 모습이 보였다. 상대는 화려한
갑옷을 입은 사무라이였는데 체구가 작은 대신, 몸이 아주
날랬다.

분대장은 짧은 왜도로 단창을 상대하는 중이었는데 단
창을 몇 번 휘두르니 사무라이가 바로 궁지에 몰렸다. 속
도와 민첩함에선 사무라이가 더 뛰어났으나 힘에서 크게
밀렸다.

사방이 뚫린 곳이면 모르겠지만 이곳은 성벽이었다. 더
구나 왜국의 성은 성벽 위의 공간이 중국이나, 한국처럼
넓지 않았다. 민첩한 사무라이가 장기를 발휘하기엔 너무
좁았다.

원하지 않더라도 무기가 서로 부딪칠 수밖에 없었다.

캉!

왜도로 단창 가운델 치는 순간, 사무라이의 상체가 내려
왔다.

분대장의 힘을 사무라이가 이기지 못한 것이다.

그나마 단창을 놓지 않은 게 다행이라면 다행이었다.

분대장은 그 틈에 재빨리 접근했다.

단창이 힘을 발휘할 공간을 아예 없애버린 것이다.

창이란 무기는 사실 백병전의 왕이라 불려도 무방했다.

칼을 든 사람과 창을 든 사람의 실력이 비슷하다고 가정할 경우, 당연히 창을 든 사람이 칼을 든 사람보다 유리했다.

이는 어른과 아이의 싸움이었다.

아이는 아무리 힘껏 주먹을 뻗어도 어른의 얼굴에 닿지 않았다.

반면, 어른은 살짝 주먹을 뻗어도 아이의 얼굴에 주먹이 닿았다.

창이 칼보다 사거리의 이점을 가지는 것이다.

그러나 창에 약점이 전혀 없는 것은 아니었다.

칼은 상대가 바짝 붙어도 어느 정도 반격이 가능했다.

그러나 창은 아니었다.

창을 든 상대에게 바짝 붙으면 상대는 창을 휘두르지 못했다.

빠르게 접근한 분대장은 왜도를 날카롭게 베어갔다.

단창을 든 사무라이는 급히 단창을 놓으며 뒤로 물러섰다. 그리곤 허리에 찬 왜도를 뽑아 분대장을 상대하려 하였다. 마치 처음부터 단창이 아니라, 허리춤에 있는 왜도를 뽑아 분대장을 상대하려 했다는 듯 무기를 바꾸는 속도가 빨랐다.

1초가 채 걸리지 않는 무기전환이었다.

그러나 고수 간에 이뤄지는 백병전에서 1초란 치명상을 주기 충분한 시간이었다. 피 보라가 일더니 사무라이가 쓰러졌다.

김돌석은 그 모습을 멍한 표정으로 지켜보았다.

자신이 그 사무라이를 상대했으면 죽진 않더라도 꽤 고생했을 것이다. 사무라이의 실력이 예상보다 뛰어났던 것이다.

분대장은 곧 다른 적을 찾아 떠나며 소리쳤다.

"넌 엄호나 해!"

"화, 화살이 없습니다."

"저쪽에 화살통이 있는 걸 보았으니까 그쪽으로 가봐!"

"옛!"

대답한 김돌석은 분대장이 가르쳐준 곳으로 달려갔다.

과연 그곳에는 왜군이 사용하는 활과 화살이 가득 쌓여 있었다.

활에는 당연히 그에 맞는 화살을 쓰기 마련이었다.

대궁에 작은 화살을 쓰면 화살이 시위에 걸리지 않았다.

물론, 작은 활에 무거운 화살을 쓰는 것 역시 좋은 방법은 아니었다. 활의 힘이 약해 화살을 정확히 쏘기가 어려웠다.

이처럼 활에는 맞는 화살이 있는 법이었다.

김돌석은 왜군이 유미라 부르는 활을 집어 들었다.

왜국 역시 활의 위력을 늘리기 위해 합성궁을 연구했다.

김돌석이 집어든 활은 그 중 우라소리라 불리는 합성궁
이었다. 조선 각궁에 비하면 떨어지긴 하지만 쓸 만한 활
이었다.

김돌석은 그 중 단단해 보이는 우라소리를 어깨에 멨다.
그리고 화살통 대여섯 개를 품에 안아 전장으로 급히 달려
갔다.

전투는 치열했다.

혼마루에 있던 왜군이 밑으로 내려왔는지 사방이 왜군
이었다.

김돌석은 성첩 사이에 뚫려있는 곳으로 달려갔다.

왜국의 성은 성벽에 숨어, 안으로 들어온 적을 막는 형태
가 많아 숨을 곳이 지천에 널려있었다. 그 중 하나에 자리를
잡은 김돌석은 심호흡을 크게 하였다. 급히 움직이느라 세
차게 뛰던 심장이 점차 안정을 찾아갔다. 김돌석과 같은 저
격수에게 심신의 안정은 따로 생각하기 어려운 문제였다.

심장 박동이 어떤지에 따라 성공과 실패가 나눠졌다.

김돌석은 빠르게 안정을 찾아갔다.

이런 능력 역시 김돌석이 저격수로 타고난 점이었다.

안정을 찾은 김돌석은 바로 화살을 뽑아 활 시위에 걸었
다.

그리곤 벌떡 일어나 적을 겨누었다.

대원 한 명이 세 명의 적에게 둘러싸여 고전 중이었다.

적과 아군이 섞여 있을 때는 조심해야했다.

잘못하다가는 아군을 맞추는 것이다.

김돌석은 아군이 맞지 않을 각도에 있는 적에게 화살을 겨눴다.

쉭!

시위를 놓는 순간, 화살이 춤을 추며 곧장 날아갔다.

그러나 화살이 적에게 맞는지는 확인하지 않았다.

멍청히 서 있다가 적에게 발각당하면 집중공격당할 터였다.

노출되는 면적이 적으면 적을수록 좋듯, 노출되는 시간 역시 적으면 적을수록 좋았다. 생존확률을 높이는 절대 진리였다.

김돌석은 총안을 통해 그가 쏜 화살을 행방을 찾았다.

"이런."

김돌석의 입에서 오랜만에 혀를 차는 소리가 들렸다.

그가 쏜 화살은 왜군의 어깻죽지에 박혀있었다.

명중이긴 하나 그가 원래 노렸던 곳은 적의 목이었다. 김돌석은 두 번째 화살을 쏘아 노렸던 적을 기어코 주저앉혔다.

그 다음부터는 일사천리였다.

우라소리라는 이름을 가진 이 활은 처음 잡아보는 활이었지만 그와 같은 고수에겐 큰 문제가 아니었다. 오히려 이 활이 각궁보다 조준하기 쉬웠다. 각궁은 조준이 어려운 대신, 위력과 사거리가 길었다. 반면, 이 우라소리는 위력이나, 사거리가 각궁보다 떨어지는 대신, 힘이 별로 들지 않았다.

조선의 활은 대부분 강궁인지라, 열 발을 연속해 쏘면 팔이 후들거릴 정도로 많은 체력을 요하는 반면, 왜인의 근력에 맞게 설계된 이 우라소리는 몇 발을 쏘더라도 문제없었다.

김돌석은 화살통에 든 화살을 모두 소비해가며 적을 쓰러트렸다. 그리고 그런 김돌석 덕분에 성벽 위로 올라온 왜군을 몰아내는데 성공했다. 다른 방법이 없던 호리요군은 전술을 바꾸기 시작했다. 다시 조총과 활로 공격해온 것이다.

바짝 엎드려 조총의 탄환을 피하던 최담령이 외쳤다.

"용염을 터트려라!"

"예!"

대담한 대원이 포복을 이용해 도화선이 있는 곳으로 이동했다.

그리고 그 대원은 포복만 죽어라 시킨 교관에게 마음속으로 용서를 빌었다. 그는 포복이 쓸데없는 훈련이라 생각했다.

거북이처럼 기어서 가느니 그냥 빨리 달리는 게 적의 공격을 피하는 최선의 방법이라 생각했다. 그래서 그는 포복 훈련을 할 때마다 퍼렇게 멍이 들거나, 아니면 찢어져서 피가 나는 무릎과 팔꿈치를 보며 교관이 아주 악질이라 생각했다.

한데 실전을 직접 체험해보니 포복만큼 중요한 게 없었다. 더욱이 엄폐, 은폐할 게 마땅치 않은 상황에서는 포복의 중요성이 더 올라갔다. 고개를 5센티미터만 들어도 그의 머리에는 조총 탄환이나, 화살이 들어와 박힐 게 틀림없었다.

지금도 조총 탄환이 그의 머리 위를 섬전처럼 관통했다.

어쨌든 포복을 이용해 도착한 대원은 도화선에 불을 붙였다.

치이익!

불 뱀 10여 마리가 꾸물꾸물 기어가기 시작했다.

도화선 10여 개를 따로 따로 설치하면 일일이 찾아다니며 불을 붙여야했다. 그러나 이처럼 한데 모아놓으면 점화한 번으로 10여 개의 용염 도화선에 불을 붙이는 게 가능했다.

도화선이 타들어가는 모습을 본 대원은 급히 몸을 뒤로 돌렸다.

그리고 그 순간.

콰콰콰콰쾅!

엄청난 폭음이 울리며 시뻘건 화염이 일기 시작했다.

공기를 빨아들인 용염이 폭발하며 그 주위를 초토화시켰다.

언제 봐도 어마어마한 위력이었다.

전의 조선이었다면 이런 식으로 화약을 사용하지 못했다. 화약 수급이 어려워 함포에나 쓰지, 육전에서 사용하지 않았다.

그러나 이혼이 만든 화약제조장치 덕분에 마치 남발하듯 화약무기를 쓸 수 있었다. 이혼의 지론은 사람 목숨이 화약보다 훨씬 귀하다는 거였다. 화약을 사용해 병사의 목숨을 구할 수 있다면 낭비하는 있어도 사용하란 명을 군에 내렸다.

이번에 쓴 화약의 양은 엄청났다.

그리고 그 결과는 기대한 대로 나타났다.

개미떼처럼 모여있던 왜군이 사방에 나가떨어져 있었다.

매캐한 화약 내음과 피 냄새가 뒤섞여 욕지기가 일었다.

후폭풍을 피하기 위해 몸을 피했던 최담령이 고개를 들었다.

왜군 수십 명이 나가 떨어져있었다.

용염과 가까이 있던 자들이었다.

그들 대부분은 시신의 형체를 알아보기 어려웠다.

그나마 용염과 거리가 있던 자들은 온전한 상태로 죽을 수 있었다. 그리고 그보다 더 멀리 있던 자들은 몸을 구르며 비명을 질렀다. 용염에 든 쇠구슬이 몸에 박혀버린 것이다.

별군은 지금 그들이 가진 가장 강력한 방어수단을 사용했다.

그리고 덕분에 당분간 여유를 가질 수 있었다.

용염이 또 있을 거라 판단한 왜군이 공격을 주저한 것이다.

그들은 별군이 용염을 다 썼다는 사실을 몰랐다.

그러나 왜군이 사실을 깨닫는 데는 오랜 시간이 걸리지 않았다.

화가 난 왜군이 미친 사람처럼 달려들었다.

이번 전투는 초반부터 훨씬 힘겨웠다.

왜군은 병력 교대가 가능하지만 별군은 교대가 불가능한 상황이었다. 아무리 고된 훈련을 받았어도 결국 인간이었다.

별군 사상자가 늘기 시작했다.

"아직 인가?"

최담령이 성 밖을 내려다보며 탄식할 때였다.

도다강 남쪽에 커다란 깃발이 모습을 드러냈다.

최담령의 눈이 찢어질 거처럼 커졌다.

깃발에는 호리요가문의 문양이 선명했다.

호리요 요시하루의 군대가 조선군보다 먼저 도착한 것
이다. 별군은 안과 밖의 적을 동시에 상대해야하는 상황이
었다.

최담령의 얼굴이 전보다 더 어두워졌다.

2장. 추격

光海鏡

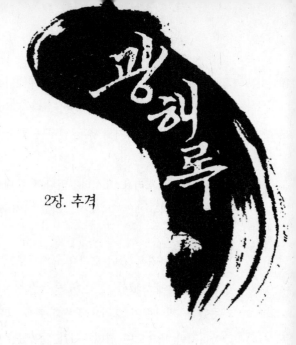

2장. 추격

갓산토다성에 먼저 도착한 게 해병대가 아니라, 호리요 요시하루의 지원 병력임을 안 별군은 사기가 급속히 떨어졌다.

성문 사수를 얼마나 더 할 수 있을지 의문이었다.

점점 비관적으로 흘러갈 무렵이었다.

호리요 요시하루의 병력이 도다강을 건너 성문 앞에 이르렀다.

최담령은 부족한 병력을 나눠 성문 방어에 들어가려하였다.

그때였다.

성문 앞으로 호리요가문 가신 한 명이 달려와 뭐라 소리쳤다.

그 모습을 본 최담령은 미간을 찌푸렸다.

성문을 다시 수복하려는 갓산토다성 수비군과 별군 사이의 전투는 아주 치열했다. 싸우는 소리를 듣지 못할 리 없었다.

최담령이 호리요 요시하루였다면 부대를 도다강 남쪽 강변에 세워두었을 것이다. 그리고 먼저 정찰병을 보냈을 것이다.

한데 도다강을 건넌 호리요 요시하루는 자기 가신을 바로 성문 앞에 보냈다. 성 안의 소란을 전혀 신경 쓰지 않는 듯했다. 최담령이 호리요 요시하루에 대해 잘 아는 것은 아니지만 도요토미 히데요시가 살아있을 때 삼중로를 맡을 만큼 능력이 있는 자라 들었다. 한데 대처가 너무 어설 펐다.

최담령은 통역병을 손짓해 물었다.

"저 자가 뭐라 지껄이는 것이냐?"

"빨리 성문을 열라는 말을 하고 있습니다."

"저들은 이곳에 전투가 벌어졌다는 사실을 모른다는 말이냐?"

"그것까지는 잘 모르겠습니다."

통역병의 대답을 들은 최담령이 의문을 표할 때였다.

"아!"

근처에 있던 부대장이 날선 비명을 질렀다.

비명소리가 워낙 큰지라, 깜짝 놀란 최담령이 고개를 돌렸다.

"무슨 일인가?"

"저길 보십시오!"

부대장은 손가락으로 도다강 남쪽 강변을 가리켰다.

최담령의 시선이 부대장이 가리킨 방향으로 돌아갔다.

그 순간, 뿌연 먼지가 누렇게 일더니 일단의 병력이 모습을 드러냈다. 처음엔 한, 두 명에 불과했다. 한데 시간이 조금 흐른 후에는 그 숫자가 수십 명으로 불어나있었다. 그리고 급기야는 그 숫자가 수백 명으로 불어나 군대를 형성했다.

최담령의 동공이 찢어질 듯 커졌다.

호리요 요시하루의 병력에 이어 적의 두 번째 지원군이 도착한 거라면, 그들이 살아나갈 확률은 없다고 보는 게 맞았다.

그때였다.

누군진 모르겠지만 눈이 좋은 대원 하나가 환호성을 질렀다.

"아, 아군입니다!"

그 말과 동시에 강변 위에 있던 병사들이 성문으로 달려왔다.

잠시 후, 그들이 입은 진녹색 위장복과 검은색 철모가 눈에 확 들어왔다. 또, 그들이 손에 쥔 용아가 빛을 받아 번쩍거리는 모습이 똑똑히 보였다. 방금 환호한 대원이 정확히 본 것이다. 그들은 아군이었다. 더구나 가슴에 빨간색 명찰을 단 해병대였다. 방덕룡의 해병대가 시간을 맞춘 것이다.

해병대를 본 호리요 요시하루의 병사들은 성문을 미친 듯이 두들기기 시작했다. 그저 빨리 해병대를 피해 안으로 들어가고 싶은 마음 밖에 없는 듯했다. 이미 넋이 나가 있었다.

그렇지 않았다면 성 안에서 들려오는 총성과 비명, 고함 소리에 놀라 성이 아니라, 안전한 다른 곳으로 먼저 도망쳤을 것이다. 그러나 너무 놀란 나머지 가장 안전하다고 생각하는 성 안으로 들어가기 위해 성문에 나방처럼 달라붙었다.

생존 본능이 이성을 잡아먹어버렸다.

별군은 당연히 호리요 요시하루에게 성문을 열어 줄 리 만무했다. 그저 시간을 끌며 성문을 사수하는데 최선을 다했다.

한편, 방덕룡의 해병대는 그 사이 성문에 거의 도달해있었다.

마쓰에항에 상륙한 날 바로 내륙 쪽으로 신속히 이동해

갓산토다성으로 가는 통로를 구축하던 해병대는 다음 날 오전, 강을 사이에 둔 채 호리요 요시하루의 병력 2천과 맞닥뜨렸다. 정찰을 세심하게 한 덕분에 호리요 요시하루는 해병대 천명이 근처에 있는 조선군 전부라는 사실을 알아냈다.

천 명과 2천 명의 싸움은 당연히 2천의 병력을 가진 쪽이 유리하다. 이는 숫자만 셀 줄 알면 누구나 가능한 계산이다.

그러나 그 계산에는 한 가지 조건이 필요했다.

바로 적군과 아군의 무기와 훈련 상태가 비슷해야한다는 점이었다. 그러나 호리요 요시하루는 조선군을 왜국에 있는 다른 영주들의 군대로 착각한 게 틀림없었다. 아니면 조선군의 전술, 무기체계에 대해 전혀 모르는 게 분명해보였다.

"놈들을 쓸어버릴 기회다!"

해병대의 숫자가 천 명이라는 보고를 받은 호리요 요시하루는 선공을 명했다. 생각보다 적은 숫자에, 조선군의 숫자와 위치를 파악하려던 원래 목적을 까맣게 잊어버린 셈이다.

만약, 호리요 요시하루가 지형에 익숙하다는 이점을 살려, 조선군이 왜군을 상대로 유격전을 벌였던 거처럼 기습을 감행했다면, 방덕룡의 해병대는 고전을 면치 못했을 것이다.

그러나 호리요 요시하루는 이미 서로의 존재를 눈치 챈 상황에서 바로 선공을 명했다. 더구나 강 너머에 있는 조선군을 공격하기 위해서는 물이 무릎까지 오는 강을 수십 미터 건너가야 하는 상황이었다. 강의 물살이 세지 않다고는 하지만 자신의 병력을 무방비상태로 노출시키는 명령이었다.

선수필승(先手必勝)은 이런 때를 가리키는 게 아니었다.

방덕룡은 돌격을 좋아하는 맹장처럼 보이지만 그게 전부는 아니었다. 지금처럼 지형에 이점이 있을 경우엔 철저히 이용하는 지휘관이었다. 세월이 10년 가까이 흐르는 동안, 불같은 성격에 경험이 쌓여가며 전보다 훨씬 노련해져 있었다.

"언덕 위에 자리를 잡아라!"

방덕룡의 외침에 잠시 당황했던 해병대원들은 얼른 강변 위에 자란 풀숲에 엎드렸다. 풀 속에 숨어있던 벌레들이 놀라 사방으로 흩어지며 마치 메뚜기 떼가 이동하는 듯했다.

"조준해라! 그리고 내 명령에 따라 발사해라!"

방덕룡의 목청은 엄청나게 컸다. 굳이 중대장들이 자기 부하에게 돌아가 방덕룡의 명을 전할 필요가 없을 지경이었다.

그때였다.

"와아아!"

엄청난 함성을 지른 왜군이 강을 본격적으로 건너오기 시작했다. 첨벙거리는 소리가 돌림노래처럼 사방에서 들려왔다.

방덕룡은 최대한 기다리며 적의 전술을 살폈다.

적장은 보병부대를 먼저 내보냈다.

그리고 조총부대는 그런 보병부대를 따라 천천히 이동했다.

이를 지켜보던 방덕룡의 눈이 번쩍 빛났다.

고개를 돌린 방덕룡이 손짓하는 순간, 부대장이 물었다.

"하명할 게 있으십니까?"

"칼이나, 장창을 든 왜놈들이야 두려울 게 하등 없을 것이네."

부대장이 동의한다는 얼굴로 고개를 끄덕였다.

"그렇지요."

"그러나 조총부대는 꽤 까다로울 수 있지."

"그것도 그렇지요."

"자네가 1중대와 2중대를 데리고 우회해 조총부대를 기습하게."

"그럼 그 동안 장군께선?"

부대장의 질문에 방덕룡이 씩 웃었다.

"이곳에서 시간을 끌어주겠네. 어때, 할 수 있겠나?"

방덕룡의 웃는 모습을 본 부대장은 마주 미소를 지었다.

"훌륭한 계책이십니다."

"성공해야 훌륭한 거지."

"성공할 겁니다. 그럼."

군례를 취한 부대장은 바로 1중대와 2중대를 불렀다. 그리곤 하류 쪽으로 우회하기 시작했다. 당연히 하류 쪽은 이곳보다 물살이 더 얕기 마련이었다. 빠른 기동이 가능한 것이다.

부대장이 떠나는 모습을 본 방덕룡이 부하들에게 명을 내렸다.

"공격중지! 우선 3중대부터 후퇴하라!"

방덕룡의 신호에 가장 왼쪽에 있던 3중대가 일어나 뒤로 달려갔다. 그리고 뒤이어 5중대, 6중대 순으로 퇴각에 나섰다.

다소 긴장상태에 있던 호리요군은 도망치는 조선군을 보더니 신이 나 추격하기 시작했다. 한편, 7중대와 함께 마지막으로 퇴각하던 방덕룡은 한참을 달리다가 주위를 둘러보았다.

아름드리나무가 우거진 숲이 근처에 있었다.

이런 숲이라면 용아를 가진 해병대쪽이 훨씬 유리했다.

"숲 안으로 들어가 엄폐하라!"

그 말에 퇴각하던 해병대원들이 방향을 바꿔 숲으로 들어갔다. 그리곤 나무에 숨어 추격해오는 왜군을 조용히 기다렸다.

숲 안으로 들어온 왜군 선두가 시야에 들어온 순간.

방덕룡이 손을 올리며 외쳤다.

"쏴라!"

그 말에 수백 발의 탄환이 왜군 선두를 갈랐다.

갑자기 터진 총성에 화들짝 놀란 왜군이 사방으로 흩어졌다.

그러나 탄환이 날아가는 속도가 그보다 훨씬 빨랐다.

왜군 선두는 살아 돌아간 이가 없을 만큼 큰 타격을 입었다.

추격을 지휘하던 호리요군 가신이 말고삐를 잡으며 돌아섰다.

그리곤 부하들에게 숲에서 나가라 명령했다.

숲에서는 자신들이 더 불리하다는 것을 안 것이다.

나무 뒤에 숨어 총을 쏘면 보병부대는 당해낼 재간이 없었다.

호리요군 가신의 판단은 옳았다.

방덕룡은 고개를 끄덕이더니 이번엔 반대로 호리요군을 쫓았다.

쫓기던 입장에서 쫓는 입장으로 선회한 것이다.

도망치는 왜군을 쫓던 해병대는 착검한 용아로 왜군 후위를 공격했다. 순식간에 난전이 벌어졌다. 왜군은 잠시 움찔하다가 백병전을 걸어오는 조선군을 보더니 다시 공세에 나섰다.

백병전이라면 자신들이 훨씬 유리하다고 생각한 것이다.

싸움이 점차 치열해질 무렵, 방덕룡이 다시 외쳤다.

"죽폭으로 거리를 벌려라! 이대로 후퇴할 것이다!"

그 말에 해병대는 가지고 있던 죽폭을 던져 왜군을 공격했다.

펑펑펑!

죽폭이 터지며 근처에 있던 왜군이 나가떨어졌다.

그 사이, 해병대는 다시 대형을 갖춰 질서정연하게 퇴각했다.

공격보다 어려운 게 퇴각이었다.

그러나 해병대는 단내가 날 정도로 훈련한 덕분에 어려운 퇴각을 쉽게 해냈다. 다시 한 번 보기 좋게 당한 호리요군은 퇴각하는 해병대를 추격하기 시작했다. 이번에야말로 조선군을 제대로 짓밟아주겠다는 생각인지 속도가 빨라졌다.

전투가 갑자기 쫓고 쫓기는 흐름으로 변하는 사이.

호리요 '요시하루가 직접 지휘하던 조총부대 500여 명이 전장에 도착했다. 이 조총부대는 호리요 요시하루가 각고의 노력 끝에 만들어낸 부대였다. 조총 한 자루의 가격이 만만치 않아 웬만한 영주가 아니고선 이 정도 규모의 조총부대를 만들어내기 쉽지 않아 호리요 요시하루의 자랑거리 중 하나였다. 조총부대가 합류한 왜군은 자신감이 넘쳐흘렀다.

전엔 해병대가 있는 숲에 들어가길 꺼려했으나 지금은 아니었다. 안까지 들어와 그곳에 숨어있는 해병대를 치려했다.

아름드리나무 뒤에 숨어있던 방덕룡은 고개를 살짝 내밀었다.

조총으로 발사한 탄환 몇 발이 머리 위를 지나갔다.

그러나 방덕룡은 머리를 숙이지 않고 계속 적의 동태를 살폈다.

숲으로 진입하는 보병부대 뒤에 호리요군 조총부대가 보였다.

"숲에 불을 질러 포위해올 줄 알았는데 그건 아니군."

방덕룡의 말에 옆에 있던 부관이 흠칫했다.

"정말 불을 지른다면 큰 일이 아닙니까?"

"걱정 마라."

"예?"

"별동부대가 왔다."

방덕룡의 말이 끝나기 무섭게 우회했던 부대장의 별동부대가 호리요군 후방에 나타났다. 그야말로 귀신이 곡할 노릇인지라, 당황한 호리요군이 돌아서는 순간, 이미 자리를 잡은 별동부대가 사격을 일제히 시작했다. 용아의 총성이 어지럽게 울림과 동시에 노출당한 조총부대 태반이 쓰러졌다.

"계속 쏴라! 아직 거리는 우리가 더 유리하다!"

부대장은 연속 사격을 명했다.

두 번째 사격으로 적의 조총부대는 거의 와해 직전에 놓였다.

방덕룡은 부대장이 성공했다는 것을 앎과 동시에 명을 내렸다.

"우리 쪽도 질 수 없지! 모두 적을 향해 돌격하라!"

그 말에 숨어있던 해병대원들이 용아를 쏘며 달려 나갔다. 더구나 간간히 죽폭마저 날아가는지라, 화력이 아주 대단했다.

양쪽을 협공당한 호리요 요시하루는 무참히 죽어나가는 조총부대 병사들을 보며 가슴을 후려쳤다. 마치 온 몸의 피가 역류하는 느낌이었다. 그러나 지금 가장 중요한 것은 그의 생존이었다. 그가 죽어버리면 호리요가문 전체가 위험했다.

큐슈에 침입한 조선군을 막기 위해 서쪽으로 향한 아들,

호리요 다다하루가 있긴 하지만 범과 같은 영주들 틈에서 아들이 자기 목소리를 내긴 어려울 테니 가문 존립이 위험했다.

"남서쪽으로 퇴각해라! 어서!"

호리요 요시하루의 말에 협공 당하던 호리요군이 말머리를 돌렸다. 그러나 해병대가 그런 호리요군을 그냥 둘리 만무했다. 악착같이 따라붙으며 호리요군 후위에 들러붙었다.

말배를 걷어차던 호리요 요시하루는 고개를 돌려 뒤를 보았다.

후위에 있던 병력은 대부분 조총부대였다.

그의 목숨과 다름없던 조총부대 병사들이 적에게 포위당해있었다. 그리고 해병대 공격에 전멸에 가까운 피해를 입었다.

그 모습을 보는 순간.

호리요 요시하루는 머리가 띵해지며 눈앞이 하얗게 변했다.

"으웩!"

붉은 피를 한가득 토한 호리요 요시하루는 말 등에 쓰러졌다. 옆에 있던 가신이 급히 받아 낙마는 면했으나 상태가 좋지 않았다. 눈꺼풀이 떨리는 게 뇌에 충격이 온 듯했다.

"성, 성으로 가야겠다! 어서!"

소리친 가신은 남은 병력을 수습해 갓산토다성으로 도
망쳤다.

갓산토다성에 있는 병력이면 당분간 농성이 가능했다.
일단, 성에 들어가 농성하며 곧 올 지원군을 기다릴 생각
이었다.

호리요군의 조총부대를 마저 해치운 해병대는 도망치는
호리요군 잔병을 쫓아 달리기 시작했다. 가장 까다로운 호
리요군 조총부대를 거의 전멸시켰으니 두려울 게 전혀 없
었다.

다만, 문제는 이곳이 왜국이라는 점이었다.

지형의 이점이 저들에게 있었다.

해병대는 처음에 공격이 가능할 만큼 따라붙었지만 곧
차이가 벌어지기 시작했다. 호리요군은 자신들이 잘 아는
지형을 빠른 속도로 돌파한 반면, 해병대는 익숙지 않은
지형을 달리느라 속도가 갈수록 떨어지기 시작했다. 더구
나 호리요군이 매복기습을 가해오면 큰일인지라, 조심스
러울 수밖에 없었다. 결국, 언덕 두 개와 시내 하나를 지났
을 때는 앞에 있던 호리요군 꽁무니를 잃어버리는 사고가
발생했다.

그나마 다행인 것은 그 사이 비가 내리거나, 큰 바람이
불지 않았다는 점이었다. 호리요군이 도망치며 남긴 흔적

이 워낙 큰지라, 그들을 잃어버린 염려는 없었다. 그리고
호리요군이 갈 만한 곳은 현재 한 곳밖에 없었는데 해병대
의 1차 목적지 역시 그곳인지라, 그렇게 답답한 상황은 아
니었다.

방덕룡은 점점 느려지는 행군 속도를 보며 하늘을 바라
보았다.

중천에 떠있던 해가 어느새 서쪽 산 위에 걸려있었다.

그리고 그 주위는 산불이 난 거처럼 새빨갛게 물들어 있
었다.

밤이 멀지 않았다.

방덕룡은 앞서 뛰어가며 소리쳤다.

"속도를 높여라! 나보다 늦는 놈은 나중에 볼기짝을 칠
것이다!"

그 말에 눈치를 보며 속도를 줄이던 해병대원들이 다시
발에 땀나도록 뛰기 시작했다. 방덕룡은 한다면 하는 사람
이었다.

방덕룡 앞으로 해병대원들이 우르르 지나갔다.

방덕룡 역시 이제 나이가 적지 않은지라, 곧 뒤로 쳐졌
다. 그러나 어쨌든 그가 의도했던 대로 해병대는 다시 속
도를 높였다. 방덕룡이 서두르는 데는 다 이유가 있었다.
물론, 날이 저물면 이쪽 지형에 낯선 해병대가 훨씬 불리
했다.

그러나 그게 서두르는 이유는 아니었다.

그가 서두르는 이유는 별군과 한 약속을 지키기 위해서였다.

별군이 갓산토다성의 성문을 점거하기로 한 시각은 신시(申時)였다. 지금으로 따지면 오후 3시쯤에 해당하는 때였다.

한데 지금 시간은 거의 저녁 5시에 가까웠다.

계획대로라면 별군이 성문을 접수한지 2시간이 지났다는 말이었다. 그리고 다시 그 말은 별군이 적을 상대로 2시간 이상 성문을 사수했다는 말인데 별군이 정예부대이긴 하지만 2시간 동안 몇 배의 적을 상대로 농성하기 쉽지 않았다.

방덕룡은 마음이 급했다.

단순히 아군이 곤경에 처해서는 아니었다.

이는 신뢰의 문제였다.

약속한 기한을 어기면 해병대에 대한 신뢰가 떨어질 것이다.

방덕룡은 해병대를 자기 목숨인양 사랑했다.

그런 사람에게 해병대가 오명을 뒤집어쓰는 것은 자신이 오명을 뒤집어쓰는 것과 다르지 않았다. 방덕룡은 달리는 말에 채찍질을 가하는 거처럼 부하들을 연신 앞으로 내몰았다.

대원들 입장에서야 죽을 맛이었다.

이미 호리요군은 모습을 감춘 지 오래였다.

그 말은 오늘 밤 갓산토다성에 도착하기는 무리라는 뜻이었는데 대장은 그걸 모르는지 멧돼지처럼 계속 앞으로 달렸다.

이는 사실 방덕룡이나, 대원들을 탓할 문제가 아니었다.

별군이 갓산토다성에 잠입하는 작전을 아는 사람은 별군을 제외할 경우, 열 명이 넘지 않았다. 그리고 그 중에 한 명이 방덕룡이었다. 별군 작전을 해병대원에게 설명하지 않은 이유는 당연히 보안 때문이었다. 이번 작전은 기밀이 핵심인지라, 작전에 참가한 이들조차 상세히 알지 못했다.

작전이 노출될 경우, 별군은 산송장신세를 면치 못했다.

달리는 말에 채찍질을 가하면 잠시 속도가 빨라지지만 시간이 좀 더 흐르면 원래 속도보다 떨어지기 마련이었다. 남아있던 체력을 빨리 소비해 오히려 갈수록 느려지는 원리였다.

사람 역시 말과 크게 다르지 않았다.

잠시 힘을 내 달려가던 해병대는 다시 눈에 띄게 느려졌다.

잠시 멈춘 방덕룡은 거친 숨을 몰아쉬며 주변을 둘러보았다.

앞에 작은 언덕이 있었는데 왠지 그 언덕을 넘으면 갓산토다성이 나올 듯했다. 지도가 있긴 하지만 정확하지는 않았다.

방덕룡은 지도보다 자기 감을 믿었다.

그리고 부하들을 다시 달리게 만들 방법을 강구했다.

다행히 오래 찾을 필요는 없었다.

해병대원들의 성격은 방덕룡의 성격과 거의 다르지 않았다.

이는 당연했다.

애초에 해병대를 처음 창설한 사람이 방덕룡이었다. 그리고 해병대를 키운 사람 역시 방덕룡이었다. 그렇다보니 어느새 해병대는 그와 비슷한 병사들이 대부분을 차지해 그가 분노하는 일이면 해병대원들 역시 분노했다. 그가 기뻐하는 일이면 해병대원들 역시 기뻐했다. 그리고 그가 끔찍이 싫어하는 일이면 해병대원들 역시 그 일을 끔찍이 싫어했다.

방덕룡은 부하들을 한데 모았다.

일단, 숨을 돌린 여유를 준 것이다.

그리곤 갓산토다성에 빨리 가야하는 이유를 솔직히 설명했다.

"갓산토다성에는 별군이 있다! 그들이 우리를 위해 성문을 접수해준 셈이지! 그러나 우리가 제시간에 맞추지 못한다면 그들은 우리 해병대를 저주하며 비참하게 죽어갈 것이다! 너희들은 전우가 해병대를 저주하며 죽어가길 원하느냐?"

그 말에 해병대원들이 서로의 얼굴을 바라보았다.

잠시 후, 산하가 떠나갈 듯한 야유소리가 터져 나왔다.

"그럴 수야 없지요!"

"누구도 해병대를 욕하게 놔둘 순 없습니다!"

부하들의 의견을 들은 방덕룡이 다시 소리쳤다.

"그럼 이제 계속 달려라! 저 언덕을 넘어가면 우리의 도움을 간절히 원하는 육군 친구들이 기다리고 있을 것이다! 육군 놈들에게 조선에서 가장 독한 놈들이 누구인지 알려주자!"

그 말에 지쳐있던 해병대원들은 다시 바람처럼 달리기 시작했다. 해병대는 육군보다 약하다는 소리를 가장 싫어했다. 그리고 가장 좋아하는 말은 육군에게서 고맙다는 말을 듣는 거였다. 그렇다면 지금처럼 좋은 기회가 없었다. 갓산토다성에 있는 부대가 별군이긴 하지만 어쨌든 육군이지 않은가. 이참에 해병대의 위력을 똑똑히 보여주고 싶어 했다.

헉헉거리며 언덕을 넘는 순간.

남동쪽으로 흐르는 강이 먼저 보였다.

그리고 그 뒤에 작은 산이 하나 있었는데 산 남동쪽 기슭 위에 엄청난 규모를 자랑하는 성채가 똬리를 틀듯 앉아 있었다.

해병대의 1차 목적지 갓산토다성이었다.

그리고 갓산토다성 성문에는 그들이 쫓던 호리요군의 잔당이 우왕좌왕하며 서 있었다. 성 안으로 들어가지 못하는 모습을 보면 별군이 계획한 대로 성문을 접수한 모양이었다.

방덕룡은 지체하지 않았다.

"쳐라!"

그 순간, 함성을 지른 해병대가 호리요군의 잔당을 향해 달리기 시작했다. 그야말로 성난 호랑이가 먹잇감을 쫓는 듯했다.

탕탕탕!

용아의 총성이 한차례 휩쓴 후에는 성문에 달라붙어있던 호리요군 잔당 수가 크게 줄었다. 호리요군은 비명을 지르며 계속 성문을 열어 달라 청했으나 이를 받아줄 별군이 아니었다. 이제 호리요군 잔당에겐 두 가지 선택이 남았다.

하나는 성벽을 우회해 기어코 갓산토다성에 들어가는 거였다. 그리고 다른 하나는 몸을 돌려 해병대와 마지막

결전을 하는 거였다. 둘 다 성공할 가능성이 높은 작전이 었다.

성문이 꼭 남쪽에만 있는 것은 아니었다. 서쪽이나, 남쪽으로 우회하면 그곳에도 성문이 있었다. 그리고 그 성문들은 아직 호리요군 수중에 있었다. 피해를 입더라도 그쪽으로 우회할 수만 있다면 최악의 경우는 면할 가능성이 높았다.

그리고 몸을 돌려 해병대와 결전을 치루는 것 역시 괜찮은 선택이었다. 체력은 해병대보다 호리요군의 잔당이 훨씬 좋았다. 급히 쫓아오느라 해병대는 체력이 남아있지 않았다.

더구나 위치 역시 호리요군의 잔당이 더 좋았다.

전투는 언제든 밑으로 내려가며 싸우는 쪽이 훨씬 유리했다.

중력이 함께 하는 것이다.

그런 조건에서는 승리할 가능성이 높았다.

한데 문제는 결정할 책임이 있는 호리요 요시하루가 지금 혼수상태라는 점이었다. 호리요 요시하루가 없으니 호리요군은 우왕좌왕하다가 가신들끼리 의견이 나뉘기 시작했다.

결국 반은 성벽을 우회하기 시작했고 나머지 반은 몸을 돌려 해병대를 상대하기 시작했다. 전력이 두 군데로 나뉜 것이다. 잠시 후, 성벽을 우회하던 호리요군은 성루를 지키던 별군의 공격을 받아 죽어갔다. 그리고 해병대를 향해 짓쳐오던 호리요군 잔당 역시 숫자 부족으로 전멸을 면치 못했다.

각개격파 당한 셈이었다.

끔찍한 결과였다.

사실, 호리요군 전력은 그렇게 약한 편이 아니었다.

실제로 해병대와 정면 대결했다면 이런 꼴은 당하지 않았을 것이다. 별군의 기습적인 잠입, 해병대의 맹렬한 추격에 대응 한번 제대로 못해본 채 소유한 병력의 반을 잃어버렸다.

가신이 빼돌리던 호리요 요시하루는 누가 발사했는지도 모를 용아의 탄환에 맞아 이승을 하직했다. 어차피 뇌에 부상을 입어 오래 살기 어려운 상태였지만 전장에서 죽은 것과 그렇지 않은 것에는 차이가 컸다. 호리요 요시하루가 죽은 직후, 호리요군 잔당은 완전히 무너져 생존자가 거의 없었다. 구심점이 사라지니 우왕좌왕하다가 파도에 쓸려버렸다.

초조한 표정으로 성 밖의 전투를 지켜보던 최담령은 그제야 마음을 놓았다. 해병대는 해병대였다. 가끔 육군을 상대로 쓸데없는 자존심을 세우기는 하지만 명성이 어디 가진 않았다.

"성문을 열어라! 해병대 친구들을 반겨주자!"

최담령의 외침에 성문에 있던 대원들이 성문 걸쇠를 풀었다.

철컥!

걸쇠가 풀리는 순간, 해병대가 노도처럼 밀려들어왔다.

성격이 얼마나 급한지 문이 다 열리기 전에 뛰어든 해병대원이 있을 지경이었다. 별군은 어깨를 으쓱하며 비켜주었다.

해병대는 별군을 괴롭히던 성 안 호리요군에게 철퇴를 먹였다. 그들이 해안에서만 강한 게 아니라는 것을 별군에게 보여주려는 듯 젖 먹던 힘까지 쥐어짜내 별군 포위를 풀었다.

최담령은 성루 밑으로 몸을 날렸다.

"해병대에게 질 수야 없지! 우리도 가자!"

"예!"

별군은 성루를 내려와 호리요군을 몰아붙이기 시작했다.

조직적으로 보면 해병대가 훨씬 강하지만 지금처럼 난전으로 흐를 경우에는 별군의 활약을 따라올 자들이 거의 없었다.

선두에 있던 최담령은 가슴을 찔러오는 장창을 옆으로 몸을 날려 피했다. 그리곤 허리를 숙이며 왜도를 곧장 베어갔다.

발목이 잘린 왜군이 비명을 지르며 쓰러졌다.

상체를 세운 최담령은 왜도를 두 손으로 잡아 쓰러진 왜
군의 목에 내리쳤다. 발버둥 치던 왜군은 곧 움직임을 멈
췄다.

최담령은 고개를 들어 전방을 살펴보았다.

난전이었다.

산노마루를 지키려는 적과 이를 뺏으려는 해병대가 치
열한 전투를 벌였다. 최담령은 별군을 성벽 오른쪽으로 우
회시켰다. 오른쪽 성벽은 무인지경이었다. 해병대가 호리
요군의 시선을 잔뜩 끌어놓은 상황이라, 이곳에는 적이 거
의 없었다.

무사히 성벽을 우회한 별군 앞에 호리요군 측면에 드러
났다.

"쳐라!"

최담령의 공격지시에 건물 뒤에 숨어있던 별군이 달려
갔다. 그리곤 놀라 돌아서는 호리요군 측면을 무참히 쓸어
갔다.

별군은 양떼 속에 뛰어든 늑대와 다름없었다.

별군의 일격을 제대로 막는 적이 별로 없을 지경이었
다.

분대장이 따라오던 김돌석에게 소리쳤다.

"너희 세 명은 감시탑으로 올라가라!"

"예!"

대답한 김돌석은 산노마루 성벽 옆에 있는 감시탑으로 올라갔다. 계단은 나선형이었다. 계단을 오르던 김돌석이 멈췄다.

따라오던 다른 대원이 눈짓으로 무슨 일인지 물었다.

말없이 귀를 기울이던 김돌석이 손가락을 두 개 폈다.

계단 위에 적이 두 명 있다는 말이었다.

김돌석을 따라온 다른 대원 두 명이 고개를 끄덕였다.

알아들었다는 표시였다.

세 사람은 동시에 숫자를 센 다음, 빠르게 올라갔다.

쉭!

숨어있던 적이 단창으로 김돌석의 가슴을 매섭게 찔러왔다.

상대의 매복을 몰랐다면 꼼짝없이 당했을 것이다.

그러나 그들은 이미 적의 매복을 파악한 상태였다.

김돌석은 단창이 보이기 무섭게 옆으로 돌아섰다.

그리고 그 자리에 뒤에 있던 대원이 올라와 도끼를 후려쳤다.

그 대원은 도끼를 유독 잘 사용했는데 도끼나, 철퇴와 같은 중병기를 좋아하는 대원들의 특징은 힘이 좋다는 거였다.

그 대원 역시 마찬가지였다.

힘이 워낙 좋아 적의 단창은 힘없이 꺾여 나갔다.

그 사이, 세 번째 대원이 왜도를 휘두르며 좁은 계단을 바람같이 올라가 단창이 꺾인 적의 가슴에 깊숙한 검상을 남겼다.

그때였다.

두 번째 적이 내려오며 조총의 총구를 들이댔다.

그러나 이곳은 나선형 계단으로 이루어진 좁은 탑 안이었다.

조총을 쏘기 위해선 상대를 정면으로 응시해야했는데 이곳에선 그럴 각이 나오지 않았다. 이는 상대가 무기선택을 잘못했다는 의미였다. 그리고 그 실수의 대가는 목숨이었다.

김돌석이 다시 뛰어올라가 조총의 총구를 잡아 옆으로 당겼다.

탕!

총성이 울리며 옆으로 날아간 탄환이 벽에 맞아 위로 튀었다.

그 틈에 도끼를 든 대원이 김돌석을 지나 위로 올라갔다. 그리곤 도끼를 휘둘러 조총을 든 적의 오른팔을 잘라냈다. 피가 튀며 곰팡이가 슨 더러운 벽에 붉은색 얼룩이 졌다.

그러나 그게 끝은 아니었다. 왜도를 든 세 번째 대원이 다시 올라와 비명을 지르는 적을 베어 계단 밑으로 던져버렸다.

"가자."

계단을 다 올라왔을 때였다.

문 옆에 시커먼 그림자가 살짝 요동쳤다.

"적이다!"

소리친 김돌석은 몸을 숙이며 허리춤에 손을 가져갔다.

그리고 뒤이어 새하얀 섬광이 번쩍하며 지나갔다.

잠시 후, 목에 단검이 박힌 왜군이 칼을 떨어트리며 쓰러졌다.

번개 같은 솜씨였다.

김돌석 덕분에 마지막 적을 해치운 세 명은 감시탑 꼭대기에 도착해 주위를 둘러보았다. 호리요군 측면을 공격하는 별군 모습이 보였다. 서로의 얼굴을 바라보며 고개를 끄덕인 세 사람은 가져온 무기를 꺼낸 다음, 각자 자리를 잡았다.

사수는 당연히 김돌석이었다. 그리고 사수를 돕는 부사수 역할은 도끼를 든 대원이 맡았다. 그는 어깨에 멘 화살통을 풀어 바닥에 내려놓은 다음, 화살을 뽑아 김돌석에게 건넸다.

마지막 왜도를 든 세 번째 대원은 감시탑 문을 경계하며 다른 대원들을 지켜주었다. 저격임무는 이처럼 세 명이 하는 게 가장 안전했다. 그리고 인원이 부족할 경우에는 두 명이 해야 했다. 어쨌든 혼자 하는 저격임무는 아주 위험했다.

화살을 받은 김돌석은 바로 저격에 들어갔다.

화살은 거의 백발백중이었다.

화살이 날아들 때마다 곤경에 처한 별군 대원이 목숨을 건졌다. 반면, 별군을 공격하던 적은 피를 뿌리며 죽어갔다. 그들은 화살이 어디에서 날아오는지조차 제대로 알지 못했다.

아군과 적군이 뒤섞인 곳에서 정확히 쏘기란 아주 어려웠다. 그러나 김돌석은 경험과 재능을 십분 활용해 쉽게 해냈다.

김돌석이 저격에 성공한 덕분에 별군은 빠른 속도로 호리요군의 허리를 들이쳐 결국 적을 두 동강내는데 성공했다. 그렇지 않아도 밀리던 호리요군은 별군에게 측면을 내어주며 속수무책으로 당하기 시작했다. 전투 개시 후 1시간이 지났을 무렵, 해병대, 별군 연합부대는 산노마루를 점령했다.

해는 완전히 진 상태였다.

최담령이 지친 방덕룡을 찾아가 물었다.

"병사들 상태는 어떻소?"

방덕룡은 부하들이 지쳤다는 것을 알고 있었다.

그러나 최담령 앞에서 약한 모습은 보일 수는 없었다.

그건 죽기보다 싫었다.

"우리 해병대는 밤새 싸워도 상관없소."

최담령이 놀란 얼굴로 물었다.

"정말 그렇소?"

"문제는 우리가 아니라, 그쪽이오. 그쪽은 더 싸울 수 있겠소?"

최담령은 피식 웃었다.

농성하느라, 체력을 많이 소모하긴 했지만 해병대만큼은 아니었다. 해병대는 마쓰에항을 점령한 후부터 거의 쉬질 못했다.

병사들은 기계가 아니니 휴식을 줘야 다시 싸울 힘이 생겼다.

최담령은 방덕룡의 성격이 어떻다는 것을 아는지라, 씩 웃었다.

"오늘은 이만합시다. 해병대는 괜찮겠지만 우린 꽤 지친 상태요."

"별군이 그렇다면 어쩔 수 없지."

고개를 끄덕인 방덕룡은 이내 돌아가 부하들에게 지시했다.

"별군이 지쳤다고 하니 오늘은 여기까지 하겠다! 각 중대의 지휘관들은 경계 인원을 배정하고 나머지는 휴식을 취해라!"

별군 역시 해병대를 도와 경계에 나섰다.

그 날 밤, 부대장이 다가와 최담령에게 물었다.

"이대로 밤을 보내실 작정입니까?"

"으음."

"내일 아침 눈떴을 때 적의 지원군이 산성을 포위하면 아래위로 갇히는 게 아닙니까? 최소한 성 위에 있는 적은 마저 없앤 다음에 다른 적을 맞는 게 나을 텐데 걱정이 큽니다."

그 말에 최담령은 고개를 저었다.

"해병대가 지쳤네."

"그렇기야 하겠지요. 쉬지 않고 달려왔을 테니."

"우리 쪽 애들은 어떤가?"

"아직 쌩쌩합니다. 본국에 있을 때 훈련한 게 나오는 듯합니다."

부대장의 대답에 최담령은 고개를 끄덕이며 물었다.

"성 위에 있는 적을 꼭 없앨 필요는 없지 않겠나?"

"그게 무슨 말씀이십니까?"

"저들도 이미 틀렸다는 걸 알 테니 성에 집착하지 않을 걸세."

"하면?"

"도망칠 구멍을 만들어주세."

대답한 최담령은 바로 작전을 만들어 부하들에게 지시했다.

그 날 밤, 온몸을 검게 위장한 별군이 산노마루를 출발했다.

3장. 본격적인 진격

光海鑑

3장. 본격적인 진격

　호리요 나가마사는 불탄 혼마루보다는 그나마 멀쩡한 니노마루를 거처로 선택했다. 갓산토다성의 혼마루와 천수각 등 성의 최상부에 있던 성채와 건물들은 별군이 호리요군의 정신을 분산시킬 목적으로 태워버리는 바람에 엉망이었다.

　호리요 나가마사의 거처 옆에는 난전 중에 죽은 호리요 요시하루의 시신이 놓여있었다. 해병대와 전투를 치르던 중 뇌에 충격을 입어 의식을 잃었던 호리요가문의 수장 호리요 요시하루는 성 안으로 옮겨지던 중 누가 쐈는지 모를 탄환에 맞아 죽었다. 의식을 잃기는 했지만 그래도 호리요가문의 수장이 살아있는 것과 그렇지 않은 데에는 차이가 컸다.

다행히 호리요가문의 용감한 가신 몇이 목숨을 희생해가며 시신을 수습하는데 성공했지만 장례를 치를 상황이 아닌지라, 관에 안치한 다음, 그 주위에 12첩 병풍을 세워 놓았다.

이제 호리요가문의 가솔과 병사들은 임시 성주를 맡은 호리요 나가마사의 입에 주목했다. 호리요 요시하루가 죽었으니 그 가독은 아들인 호리요 다다하루가 잇는 게 관례였다.

그러나 그 호리요 다다하루는 큐슈에 침입한 전라사단을 막기 위해 동원된 상태인지라, 이곳 갓산토다성에 있지 않았다.

그래서 호리요 다다하루가 복귀하기 전까지는 호리요 나가마사가 죽은 호리요 요시하루를 대신해야하는 상황이었다.

전투가 끝난 직후, 호리요 나가마사는 바로 피해를 확인했다.

피해상황은 끔찍할 정도였다.

호리요 요시하루가 데려갔던 조총부대가 전멸해 화력이 부족했다. 그리고 일반 보병 역시 피해가 컸는데 살아남은 병사의 수가 천여 명이 넘지 않았다. 그것도 태반이 부상자였다.

호리요 나가마사는 호리요가문의 가신들을 급히 불러 모았다.

어디에 내놔도 뒤지지 않을 호리요가문의 가신단이었지만 살아남은 가신 숫자가 하급까지 포함해 서른이 넘지 않았다.

물론, 큐슈에 원정 간 호리요 다다하루를 보좌하기 위해 핵심 가신들이 몇 자리를 비우긴 했지만 어쨌든 호리요가문은 재기하기가 쉽지 않을 정도의 엄청난 타격을 입은 상태였다.

"가와사키는?"

호리요 나가마사의 질문에 붕대를 칭칭 감은 가신이 대답했다.

"선대 영주와 정찰하러 나갔다가 돌아오지 못했습니다."

"가와사키의 소식을 들은 사람도 없는가?"

그 말에 가신들은 묵묵부답이었다.

지금 가장 믿을 만한 중신, 가와사키마저 복귀에 실패한 것이다.

호리요 나가마사가 손으로 이마를 짚으며 다시 물었다.

"무네요리와 무네후사형제는?"

"무네형제는 산노마루를 막다가 장렬히 전사했습니다."

"시신은 수습했나?"

"예, 수습해서 관에 안치했습니다."

"흐음."

탄식을 쏟아낸 호리요 나가마사가 앞에 있는 등잔을 보았다.

기름이 떨어졌는지 꺼질 거처럼 작아졌다가 커지길 반복했다.

"이 꺼져가는 등잔불이 우리 호리요가문의 운명처럼 보이는군."

그 말에 가신들은 다시 입을 다물었다.

말은 안했지만 그들 역시 그런 감정을 느끼고 있었던 것이다.

그때였다.

짝!

호리요 나가사마가 갑자기 손뼉을 세게 치는 바람에 축 져져있던 가신들이 깜짝 놀라 눈을 번쩍 떴다. 그리곤 무슨 일이냐는 얼굴로 호리요 나가마사에게 다시 시선을 집중했다.

호리요 나가마사가 천천히 입을 떼었다.

"어쨌든 호리요가문을 존속하는 중요하오."

"그야 그렇지요."

"그럼 이제 그 방법을 강구해봅시다."

호리요 나가마사의 말에 가신들이 각자 의견을 냈다.

물론, 그 중에 항복은 없었다.

성질이 급한 이들은 옥쇄(玉碎)를 주장했다.

옥쇄는 문자 그대로 끝까지 저항하자는 말이었다.

그러나 다른 한편으로 옥쇄는 호리요가문의 몰락을 의미했다.

이번 조선침략이 어떤 식으로 흘러갈지는 모르겠지만 어쨌든 끝은 있을 것이다. 전후에도 도쿠가와가문이 멀쩡하다면 여전히 쇼군의 위치에서 영지를 재편하려 할 게 분명했다.

조선 침략을 막아내는데 공을 세운 영주들은 영지를 더 받고 실패한 영주들은 영지가 줄거나, 쫓겨날 공산이 아주 높았다.

그러나 그 신상필벌이 꼭 정확한 것은 아니었다.

때로는 공을 세웠어도 그 대가를 얻지 못하는 경우가 있었다.

큐슈 방어군에 합류한 호리요 다다하루가 설령 큰 공을 세우더라도 거성을 잃고 가신단이 몰락한 호리요가문이라면 도쿠가와가문이 중요하게 여기지 않을 공산이 컸던 것이다.

그런 이유로 옥쇄는 곧 안건에서 자취를 감췄다.

잠시 후, 두 번째 의견이 입방아에 오르기 시작했다.

일단 도주한 다음에 재기를 노리자는 주장이었다.

이를테면 권토중래(捲土重來)였다.

문제는 도주하는 방법이었다.

갓산토다성은 견성이었다. 그래서 성을 본 사람들에게 천공의 성, 즉 하늘 위에 떠있는 성 같다는 말을 들을 정도였다.

천공의 성이란 말을 듣기 위해선 사람의 손이 전혀 닿지 않는 곳에 성이 있어야했다. 갓산토다성은 그 목적에 아주 충실해 밖으로 나갈 수 있는 곳이 남쪽 정문 밖에 없었다.

즉, 남쪽 정문을 통과하지 못하면 나갈 수가 없는 구조였다.

한데 그 남쪽 정문을 현재 조선군이 틀어막은 상태였다.

농성에는 좋지만 이럴 때는 그 점이 최악으로 다가오는 것이다.

호리요가문의 남은 가신들은 계책을 하나 내었다.

야마나카가 목숨을 담보로 시간을 끄는 사이, 호리요 나가마사가 호리요 요시하루의 시신을 밖으로 옮기기로 한 것이다.

호리요 나가마사가 벌떡 일어나 야마나카에게 허리를 숙였다.

"미안하네."

야마나카가 일어나 같이 허리를 숙였다.

"호리요가문의 녹을 먹은 자로서 해야 할 일을 할 뿐입니다."

입을 맞춘 호리요가문의 가신들은 서둘러 움직이기 시작했다.

그 시각, 산노마루를 몰래 빠져나온 별군은 위장한 상태로 조용히 걸음을 옮겼다. 고양이처럼 아주 은밀한 움직임이었다.

그들 앞에 곧 니노마루 성벽이 나타났다.

혼마루는 이미 폐허와 다름없는지라, 적 대부분은 이곳 니노마루의 구루와에 있을 게 틀림없었다. 구루와는 일종의 구역으로 병사나, 백성들이 모여 있는 거주공간에 해당했다.

최담령은 성벽에 바짝 붙어 청음(聽音)에 들어갔다.

청음은 말 그대로 소리를 듣는 행위였다.

지금처럼 시야를 확보하기 어려울 때는 소리가 가장 중요했다.

조용했다.

아무리 귀를 기울여도 인기척이 전혀 없었다.

"이상하군."

고개를 저은 최담령은 대원 몇을 불러 성벽으로 올려 보냈다.

잠시 후, 대원들이 가져간 밧줄이 세 차례 흔들렸다.

성벽이 비어있다는 말이었다.

최담령의 미간을 살짝 찌푸려졌다.

일이 계획대로 흘러가지 않을 때 나오는 특유의 버릇이었다.

이곳 성벽이 외진 곳에 있기는 하지만 성의 수비에 있어 요처에 해당하는 곳이었는데 지키는 병력이 전혀 없는 것이다.

별군 부대장이 다가와 슬며시 물었다.

"무슨 상황일까요?"

"둘 중 하나일걸세. 낮의 전투서 크게 패해 경계병을 세우기 어려울 정도이거나, 아니면 다른 꿍꿍이가 있단 말일걸세."

"혹시 적이 먼저 야습을?"

부대장의 말에 최담령은 고개를 저었다.

"파악한 바에 따르면 야습하기 좋은 상황은 아니었네. 그런 숫자로 야습하다가는 죽도 밥도 아니게 될 공산이 크니까."

"그럼?"

"도망치려는 건가보군."

"예? 성을 버린다는 말입니까?"

"그게 지금으로선 가장 타당한 추측이야."

그 말에 부대장이 급히 물었다.

"적이 이대로 도망친다면 우리에게 이득이 아닙니까?"

"우리가 쫓아내는 거와 적이 자력으로 도망치는 데엔

차이가 있네. 이왕 이렇게 된 거 해병대 친구들을 일찍 깨워야겠군."

최담령은 해병대장 방덕룡에게 전령을 보냈다.

전령이 떠나는 모습을 확인한 최담령이 일어나 몸을 풀었다.

"이제 우리도 슬슬 움직여야겠군."

그 말에 사방에 흩어져 경계하던 별군 대원들이 빠르게 모였다.

"성벽 위에서 보자."

"예."

최담령은 성벽 위에 올라간 대원들이 내려준 밧줄을 잡고 위로 올라갔다. 악력이야 다들 어디 가서 빠지는 사람들은 아닌지라, 마치 평지를 걷듯 빠르게 성벽을 기어 올라갔다.

성벽 위에 도착한 최담령은 주위를 빠르게 훑어보았다.

예상이 맞았다.

그들이 있는 니노마루 동쪽 성벽에는 인기척이 전혀 없었다. 반면, 남쪽과 서쪽 두 곳에서는 불빛이 살짝 새어나왔다.

그 모습을 본 부대장이 물었다.

"어떤 식으로 도망치려는 걸까요?"

"음, 내 생각엔 서쪽을 기습해 시선을 유도한 다음, 남쪽으로 도망치려는 것으로 보이네. 어차피 이 성은 남쪽이 아니면 빠져나갈 공간이 없으니 그게 가장 가능성이 높을 걸세."

"어찌 하시겠습니까?"

"우리가 먼저 기습하는 게 어떤가?"

최담령의 말에 부대장이 씽긋 웃었다.

"그럼 놀란 양떼처럼 뛰어나가 해병대 품으로 파고들겠군요."

"그럴 공산이 크네. 그 동안 세운 계획이 모두 틀어질 테니까."

최담령은 다시 전령을 해병대에 보냈다.

그리고 호리요군이 야습을 시도하기 전에 먼저 기습에 나섰다.

최담령의 예측대로 호리요군은 얼마 없는 병력을 두 갈래로 나눈 다음, 한 부대는 서쪽성벽에, 그리고 다른 한 부대는 남쪽성벽에 배치했다. 서쪽에 있는 야마나카의 결사대가 성벽을 넘어가 조선군 측면을 기습해 그쪽으로 시선을 유도하는 사이, 남쪽에 잇는 병력은 성문을 열고 곧장 바깥 성문으로 탈출하는 계획이었다. 조선군 병력이 많지 않다는 것은 낮에 이미 확인한지라, 성공할 가능성이 아주 높았다.

물론, 그 작전이 최담령의 별군에 발각당하기 전까진 말이다.

최담령은 자신들의 운이 좋다는 생각이 들었다.

갓산토다성에 있는 조선군 대부분은 적이 농성을 택할 거라 생각했다. 한데 적은 예상외로 탈출계획을 세우고 있었다.

거북이처럼 등껍질 안에 들어가 있는 적은 처리하기 아주 어려운 법이었다. 그러나 그 거북이가 목을 밖으로 내민다면 상황이 달라졌다. 머리만 잡아도 잡을 수가 있는 것이다.

최담령의 손짓에 별군 100여 명은 몸을 낮춰 접근했다.

어둠은 그들의 친구였다.

어둠 속에 숨어 최대한 가까이 접근해야 일격에 적을 흔들 수 있었다. 적 입장에선 별군이 마치 유령처럼 보일 것이다.

남쪽에 집결한 적에게 거의 접근했을 때였다.

최담령이 벌떡 일어나 소리쳤다.

"쏴라!"

그 말이 끝나기 무섭게 용아 수십 정이 동시에 불을 뿜었다.

총구화염이 마치 가을하늘에 명멸하는 불꽃놀이처럼 반짝였다.

탕탕탕!

뒤이어 귀청을 찢는 총성이 연달아 울려 퍼졌다.

어둠을 가른 용아의 탄환이 당황한 모습이 역력한 호리요군 사이를 갈랐다. 호리요군이 들고 있던 횃불은 좋은 표적이었다. 횃불을 향해 용아를 발사하면 빗나갈 일이 없었다.

기습을 당한 호리요군은 비명과 고함을 지르며 사방으로 흩어졌다. 일부는 총성이 들린 곳으로 달려왔는데 두 번째 장전을 마친 별군의 두 번째 사격에 피를 뿌리며 쓰러졌다.

해병대에 합류해 좋은 점을 하나 꼽으라면 용아와 죽폭을 구할 수 있다는 거였다. 활이나, 왜도보다는 용아가 나았다.

"지금이다! 놈들을 더 혼란에 빠트려라!"

최담령의 냉정한 명령에 별군 대원들은 연폭과 죽폭에 불을 붙여 던졌다. 연기가 자욱하게 피어올랐다. 그리고 연기 속에서 죽폭이 터졌다. 귀청이 찢어지는 폭음이 연속해 울렸다.

호리요군은 얼마나 많은 조선군이 자신들을 습격한지 알지 못해 원래 계획을 앞당겼다. 원래 계획은 야마나카의 결사대가 서쪽 성벽을 넘어가 조선군을 먼저 기습한 다음에 남은 병력이 산노마루의 남문을 그대로 통과하는 것이었다.

한데 상황이 이상하게 흘러갔다. 그래서 야마나카의 결사대가 서쪽 성벽을 넘어가기도 전에 먼저 산노마루 남문으로 달려가기 시작했다. 조선군이 먼저 야습을 감행해 왔다면 조선군의 남문 수비는 약해져있을 게 틀림없었다. 조선군 숫자가 낮과 동일하다면 그들에게 승산이 있는 셈이었다.

물론, 이는 별군의 기만책이었다.

별군 숫자가 100명에 불과하다는 사실을 그들이 몰랐던 것이다.

자라보고 놀란 가슴 솥뚜껑보고 놀란다는 조선의 속담처럼 별군의 기습에 당한 호리요군은 냉정함을 잃어버렸다. 그저 살기 위해 산노마루 남문으로 미친 듯이 달려갈 뿐이었다.

한편, 별군 대장 최담령에게 전갈을 받은 방덕룡은 기분이 나빴다. 해병대와 사전에 상의도 하지 않고 별군이 먼저 병력을 움직인 게 마음에 들지 않았다. 그러나 어쨌든 최담령이 부탁한 대로 부하들을 모두 깨워 준비는 시켜놓았다.

마음에 들지 않기는 하지만 부대장 간의 알력으로 인해 천금 같은 기회를 놓칠 수는 없었다. 최담령의 말처럼 적이 자력으로 도망치는 것과 쫓겨나는 것에는 차이가 아주 컸다.

"병력을 남쪽으로 물려라! 성을 버린다!"

"예!"

방덕룡의 지시에 해병대원들은 산노마루를 비워주었다.

산노마루를 비운 해병대는 소가마에 좌우에 다시 매복했다.

얼마 후, 별군의 기습에 놀란 호리요군이 늑대에 쫓기는 양떼처럼 텅텅 빈 산노마루 남문을 나와 소가마에 쪽으로 달렸다.

"준비해라."

방덕룡의 지시에 졸린 눈을 비비던 해병대원들이 자세를 잡았다. 이미 준비는 끝난 상황이었다. 잠시 후, 텅 빈 산노마루를 통과한 호리요군 선두가 달빛 아래 모습을 드러냈다.

"공격!"

방덕룡의 외침에 엎드려있던 해병대원들이 용아를 발사했다.

다시 한 번 총구 화염이 어둠 속에서 명멸했다.

그리고 총성과 함께 날아간 탄환 수백 발이 사방을 갈랐다.

소가마에 정문으로 달려오던 호리요군이 사방으로 흩어졌다.

"착검!"

방덕룡의 두 번째 지시에 벌떡 일어난 해병대원들은 탄

띠에 달려있던 총검을 얼른 뽑아 용아 총구 위에 단단히 끼웠다.

"돌격!"

방덕룡의 세 번째 지시가 떨어지기 무섭게 해병대원들이 함성을 지르며 앞으로 달려갔다. 포위당했다는 사실을 그제야 깨달은 호리요군 역시 전열을 추슬러 반격에 나섰다. 포위를 뚫지 못하면 니노마루로 다시 후퇴하는 수밖에 없었다.

펑펑펑!

앞으로 돌격한 해병대는 죽폭을 던지며 길을 열었다. 그리곤 당황한 적 틈 속으로 쳐들어가 용아를 매섭게 찔러갔다. 용아 끝에는 총검을 부착해 웬만한 단창보다 훨씬 강했다.

방덕룡 역시 그의 부하들만큼이나 전투에 자신감이 넘쳤는데 그와 부하들의 차이점을 하나 찾으라면 무기에 있었다.

방덕룡은 용아를 들지 않았다.

그는 용아 대신, 무거운 단창을 들었다.

방덕룡의 단창은 아주 유명했다.

방덕룡의 단창 쓰는 실력이 뛰어난 이유도 있긴 하지만 그 보단 단창이 가진 내력 자체가 아주 특이해 유명세를 얻었다.

이 이야기는 방덕룡의 증조부에 해당하는 방윤(方輪)까지 거슬러 올라가야했다. 함경도 병마절도사로 재직하던 방윤은 나라를 위해 싸우다가 안타깝게 순절했는데 순절하기 직전, 평소에 쓰던 창을 넘겨주며 나라에 위급한 일이 생기면 이 창을 들고 나가 싸우라는 유언을 자식들에게 남겼다.

그 후, 방씨 가문은 이 창을 가보로 삼은 다음, 나라에 위급한 일이 생길 때마다 창을 가지고 나가 용감히 맞서 싸웠다.

이 창은 방윤에게서 그의 아들 방호의(方好義)에게 전해졌다. 그리고 다시 방호의의 아들 방원복(方元福)에게 전해졌는데 그 방원복의 아들이 바로 해병대 대장 방덕룡이었다.

방덕룡은 원래 벼슬에 뜻이 별로 없었으나 임진왜란이 일어났다는 소식을 듣기가 무섭게 바로 창을 들고 집을 나와 의병을 일으켰다. 증조부 방윤의 유언을 지키기 위해서였다.

정유재란이 끝난 후에는 조선군의 제식 무기에 변화가 생겼다.

장교들은 용미, 병사들은 용아를 제식 무기로 사용하기 시작했는데 방덕룡만은 이혼의 허락을 받아 창을 무기로 썼다.

창을 쥔 방덕룡은 적에게 악마와 다름없었다.

가볍게 내뻗은 일격에 적이 그냥 나가떨어졌다.

몸이 날렵하지는 않지만 힘으로 적을 압도하는 수준이었다.

가슴을 찔러오는 적의 장창을 본 방덕룡은 창으로 그 위를 덮어 씌웠다. 적은 어떻게든 창대에 거머리처럼 달라붙은 방덕룡의 창을 떨어트리려했으나 창에 실린 힘이 엄청났다.

결국, 창을 놓친 적은 줄행랑을 쳤다.

"어딜 가려고!"

소리친 방덕룡은 창을 그대로 던졌다.

허공을 가른 창이 도망치던 적의 등에 깊숙이 박혔다.

방덕룡은 바로 달려가 쓰러진 적의 등에서 창대를 뽑아냈다.

그때였다.

쉭!

적의 왜도가 옆구리를 섬전처럼 베어왔다.

"이놈이!"

방덕룡은 옆으로 돌아서며 창을 같이 휘둘렀다.

창!

창대에 부딪친 왜도가 옆으로 흘러갔다.

그러나 왜도의 공격을 전부 피한 것은 아니었다.

왜도가 옆구리를 살짝 스치며 방탄조끼 옆을 찢었다.

방탄조끼 안에 든 솜이 눈송이처럼 허공에 흩날렸다.

"감히!"

이를 부득 간 방덕룡은 창을 두 손으로 잡아 앞으로 찔러갔다.

사무라이처럼 보이는 적이 몸을 슬쩍 뒤로 뺐다.

시의적절한 움직임이었다.

허공을 헛친 방덕룡은 히죽 웃었다.

방덕룡이 가보로 내려온 단창을 수련한지 거의 30년이었다.

이런 적을 상대해본 게 한두 번이 아니었다.

몸이 날렵한 적들은 그 날렵함에 너무 의존하기 마련이었다.

방덕룡은 다시 한 번 창을 두 손으로 잡아 앞으로 찔러갔다.

사무라이는 앞서 했던 거처럼 몸을 슬쩍 뒤로 빼서 피했다.

한데 그 순간, 방덕룡이 어깨를 앞으로 내밀며 창을 찔러갔다.

사무라이는 창의 사거리에서 벗어났다는 생각에 안심하는 중이었는데 갑자기 창이 손오공의 여의봉처럼 쭉 늘어났다.

물론, 실제로 늘어난 건 아니었다.

방덕룡이 어깨를 쑥 내미는 바람에 그렇게 보였을 뿐이었다.

푹!

창극에 배를 찔린 사무라이가 왼손으로 창대를 잡아갔다. 뽑아내려는 생각이었다. 그러나 그걸 보고 있을 방덕룡이 아니었다. 방덕룡은 앞으로 무게중심을 이동하며 힘을 주었다.

푸욱!

갑옷을 관통한 창극이 뱃속을 찢어발겼다.

"으아악!"

괴로운 비명을 지른 사무라이가 몸을 사시나무처럼 떨었다.

퍽!

방덕룡은 주먹으로 후려쳐 고통을 끝내주었다.

그제야 여유가 좀 생긴 방덕룡은 이마에 흐르는 땀을 닦았다.

그도 이제 예전처럼 젊은 나이는 아니었다.

불혹을 훌쩍 넘긴지라, 숨이 가빠오기 시작했다.

사무라이가 베어버린 방탄조끼를 다시 여민 방덕룡은 부하들을 지휘해 저항하던 마지막 호리요군을 철저히 궤멸시켰다.

그리고 임시 성주였던 호리요 나가마사가 초반에 총에 맞아 죽은지라, 호리요군 잔당은 생각보다 더 빨리 무너져버렸다.

한편, 산노마루 안에 남아 호리요군을 기습했던 별군은 야마나카의 결사대와 전투를 치루는 중이었다. 엄밀히 말하면 해병대가 전멸시킨 호리요군이 마지막 호리요군은 아니었다. 그들이 상대하는 야마나카의 결사대가 갓산토다성 안에 남은 마지막 호리요군이었다. 결사대는 결사대다운 모습을 보였다. 항복하는 사람 없어 끝까지 싸우다가 전사했다.

전투는 자정을 갓 넘은 시각에 끝났다.

조선군은 피해가 거의 없어 그야말로 완벽한 승리였다.

밤사이 갓산토다성을 완벽히 점령한 조선군은 전장정리를 모두 마친 다음, 휴식에 들어가 다음 날 오전 늦게 기상했다.

그러나 방덕룡은 바로 휴식을 취하지 않았다.

그보다 먼저 별군을 찾아가 말없이 작전을 편 일에 항의했다.

최담령이 씩 웃었다.

"갓산토다성을 빨리 점령해야 후속부대가 편해질 것 같아 그런 것이니 너무 책망치 말아주시구려. 다 같은 편 아니겠소?"

"그래도 이건 도의가 아니지 않소……."

방덕룡이 질책하려는 순간, 최담령이 갑자기 손을 내밀었다.

"별군은 해병대의 무운을 빌겠소."

최담령의 손을 힐끔 본 방덕룡이 굵은 눈썹을 찌푸리며 물었다.

"이건 무슨 뜻이오? 나보고 꺼지라는 말이오?"

"오해요. 이젠 어려운 길을 가야할 테니 서로 잘해보잔 뜻이오."

"그게 무슨 말이오?"

"우리는 서쪽으로 가야하오."

"서쪽이라면? 이와미쪽 말이오?"

방덕룡의 물음에 최담령이 고개를 끄덕였다.

"그렇소. 그래서 어쩌면 이게 장군과는 마지막일지도 모르오."

그 말에 방덕룡은 입을 다물었다.

그리곤 최담령이 내민 손을 두 손으로 잡았다.

"해병대도 별군의 무운을 빌겠소."

"운 좋게 목숨을 건진다면 술 한 잔 대접하리다."

최담령의 말에 방덕룡은 손으로 자기 배를 툭 쳤다.

"돈을 두둑이 가져와야할 것이오. 나는 술 배가 아주 크니까."

"하하, 그러리다."

해병대와 작별한 최담령은 대기하던 별군과 함께 서쪽으로 이동했다. 서쪽은 조선군이 가는 방향과 달랐다. 정반대였다.

조선군이 가는 방향은 동쪽이었다. 동쪽 전선에 조선군이 가진 모든 인력과 물자를 투입해야 전쟁을 이길 수 있었다.

그러나 안타깝게도 적은 동쪽에만 있는 게 아니었다.

서쪽에도 적이 있었다.

이곳이 적에게 둘러싸인 적지인 까닭이었다.

서쪽을 제대로 막지 못하면 마쓰에항에서 갓산토다성으로 이어지는 보급로가 위험했다. 조선군 수뇌부는 최소한의 인원으로 이 문제를 해결하려했다. 너무 많은 인원을 투자하면 주 공격로에 해당하는 동쪽에 인원이 빌 수밖에 없었다.

그래서 뽑힌 부대가 소수정예인 별군이었다.

별군은 100명의 인원으로 몇 명인지 모를 적을 막기 위해 서쪽으로 출발했다. 악조건 중의 악조건이었다. 아무리 자부심이 강한 방덕룡이라해도 그런 별군에게 볼멘소리를 하진 못했다. 별군 중 몇 명이나 살아 돌아올지 알 수 없었다.

별군이 떠난 후, 갓산토다성에 남은 해병대는 무너진 성벽과 성문을 수리했다. 그리고 마쓰에항에서 갓산토다성으로 오는 길을 방어하기 위해 전초기지를 세웠다. 또, 주요 길목에는 용염과 용조 등을 깔아 적의 보급로 기습을 차단했다.

한편, 해병대에 이어 두 번째로 왜국 본토에 발이 디딘 근위군 1사단은 사단직할 공병대대를 부두에 올려 보내 작업을 시작했다. 1사단이 가진 인력과 물자를 빠른 속도로, 그리고 효율적으로 지상에 내리기 위해선 부두 확장이 필수였다.

두꺼비라 불리는 공병대 부사관 하나가 고함을 질렀다.

"임마, 너 거기서 뭐하는 거야?"

"나, 나무를 옮기던 중이었습니다!"

"나무는 나중에 옮겨! 지금은 화물 쪽이 더 중요하니까!"

"예!"

지적받은 병사는 손에 든 나무를 바닥에 내려놓았다. 그리곤 화물부두 쪽으로 뛰어갔다. 사람은 작은 배로 실어 나를 수 있었다. 아니면 헤엄을 쳐서 상륙하는 방법 역시 있었다.

그러나 화물은 부두에서만 하역이 가능했다.

화물을 옮기다가 실수하여 바다에 빠트린다면 그거만큼 큰 일이 없었다. 더욱이 쌀이나, 보리, 콩, 소금과 같은 필수 물품은 바다에 한 번 빠져버릴 경우, 회수가 거의 불가능했다.

"꼼꼼하게 해야 한다!"

두꺼비가 다시 소리쳤다.

목소리가 커서 두꺼비인지, 아니면 생김새가 두꺼비를 닮아 그런 별명이 붙은 건지는 아무도 몰랐다. 어쨌든 두꺼비라 불리는 이 부사관은 공병대대에 없어서는 안 될 인재였다.

두꺼비는 실전을 처음 겪는 병사들을 위해 직접 시범을 보였다.

부두를 만드는 방법은 간단했다.

먼저 큼지막한 돌을 바다에 던졌다.

부두를 만들 곳이 깊을 경우, 엄청나게 많은 돌이 필요했다.

바다가 아무리 깊어도 결국에는 바닥을 드러내게 마련이었다. 심해라면 모르겠지만 바다 근처는 그렇게 깊지 않았다.

돌들이 쌓이다가 결국 수면 위로 드러나는 순간이 오는데 그 다음 작업이 중요했다. 그 돌들이 무너지지 않도록 틈에 자갈을 집어넣었다. 돌 틈에 자갈을 넣으면 안정감이 생겼다.

자갈을 넣은 다음에는 커다란 석판이나, 아니면 두꺼운 나무로 만든 판자를 깔아 부두의 형태를 갖추었다. 그리고 형태를 갖춘 다음에는 잠수에 능한 대원들이 물속에 들어가 양옆에 축대를 세웠다. 부두가 무너지지 않도록 하는 것이다.

임시 부두를 완성한 다음에는 몇 차례 시험을 거쳤다. 그리곤 바다에 있던 화물선을 불러들여 부두에 정박을 시켰다. 그리곤 기중기 등을 설치해 화물선에 있는 짐을 하역했다.

화물 부두를 완성한 두꺼비가 다시 고함을 질렀다.

"3중대는 저쪽으로 이동해서 새 부두를 만들어라!"

"이곳 말입니까?"

"말귀를 더럽게 못 알아듣는군. 아니, 그 옆이라고!"

"여, 여기 말입니까?"

"그래, 거기! 빨리 작업시작해라! 수송선에 있는 병사들이 지금쯤 육지에 발을 디디고 싶어 환장해있을 테니까 말이야!"

"옛!"

두꺼비의 지시에 공병대 병사들은 준비해둔 나무로 다리를 만들었다. 나무로 기둥을 세우고 그 위에 판자를 깔았다.

이번 부두는 화물부두처럼 많은 인력이 필요하지 않았다. 화물이 아니라, 사람이 내리는 부두였던 것이다. 사람이 내리는 부두는 화물부두처럼 기초를 단단하게 할 필요 없었다.

일종의 선착장(船着場)이었다.

선착장의 완성이 끝난 후에는 작은 배들이 벌떼처럼 모여들었다. 큰 배는 화물을, 작은 배는 사람을 주로 실었다. 냉정해보이기는 하지만 사람보다 중요한 게 화물일 때도 있었다.

큰 배는 난파위험이 적지만 작은 배는 난파위험이 높았다. 조금 더 안전하게 옮기기 위해 큰 배를 화물선으로 개조했다.

선착장에 접근한 배들이 부두에 병사들을 쏟아냈다.

부두에 발을 내디딘 병사들은 크게 두 가지 표정을 지었다.

하나는 살았다는 표정이었다.

대부분 배 멀미를 지독하게 앓았던 이들이 짓는 표정이었는데 몇 명은 다리가 후들거리는지 주저앉는 이들마저 있었다.

그들이 다른 병사들보다 약해서 그런 것은 아니었다.

이는 감각기관, 더 정확히 말하면 귀속에 있는 전정기관(前庭器官)이 혼란을 일으켰기 때문이었다. 배에 적응했던 감각기관들이 다시 원래대로 돌아오기 위해 거치는 과정이었다.

다른 하나는 두려움에 질린 표정이었다.

그들 대부분은 작년에 입대한 신참 병사였는데 실전이

눈앞에 다가왔다는 생각이 들어서인지 잔뜩 긴장한 모습이었다.

1사단장 황진은 팔짱을 낀 채 부두에 내려서는 병력과 물자를 지켜보았다. 이번에 내린 병력은 1사단 1연대 병력이었다. 그리고 물자는 그들이 한 달 동안 쓸 무기와 군량, 각종 소모품이었다. 다음 보급은 한 달 뒤에나 받을 수 있었다.

황진의 어두운 표정을 보았는지 옆에 있던 참모장이 물었다.

"걱정거리가 있으십니까?"

황진이 참모장을 힐끔 보았다가 다시 부두로 시선을 돌렸다.

"방금 군수참모가 왔다갔소."

참모장이 한 걸음 더 다가왔다.

"그런데요?"

황진이 담담한 음성으로 대답했다.

"그의 말에 따르면 보급이 충분치 않다고 하더군. 말이 한 달이지, 지금까지 소모한 물자와 빗물이나, 바닷물에 젖어 썩어버린 물자까지 합치면 보름을 버티는 게 최선이라 했소."

참모장이 고개를 끄덕였다.

"보급문제는 어쩔 수 없는 부분이라 생각합니다. 우리

가 지금 있는 곳은 조선과 이역만리(異域萬里)나 떨어져있
으니까요."

"그렇겠지. 왜국도 조선에 쳐들어왔을 때 가장 고생했
던 문제가 보급이었으니까. 보급이 끊기면 굶어죽는 수밖
에 없고."

황진의 말에 참모장이 씁쓸한 얼굴로 웃었다.

"이제는 우리와 왜국의 입장이 바뀌었군요."

말없이 부두를 바라보던 황진이 고개를 돌렸다.

"1연대장을 불러다주시오."

"예."

참모장을 잠시 후 몸이 돌덩이처럼 단단한 장수를 데려
왔다.

장수의 체구는 그리 크지 않았다.

그러나 녹색 위장복이 터질 거처럼 몸통이 아주 두꺼웠
다. 그리고 각진 턱과 듬성듬성 자란 수염이 아주 잘 어울
렸으며 매부리코와 길게 찢어진 눈은 날카로운 인상을 풍
겼다.

장수가 쩌렁쩌렁한 목소리로 물었다.

"찾아계시옵니까?"

"이쪽으로 오시오."

"예, 장군."

대답한 장수가 황진 옆으로 성큼성큼 걸어왔다.

장수의 이름은 김완(金完)이었다.

전 사도첨사이며 지금 통제영의 중군 우후로 있는 김완(金浣)과는 이름만 같을 뿐, 전혀 다른 사람이었다. 중군 우후 김완이 나이가 서른 살 더 많으니 동시대 사람도 아니었다.

근위군 1사단 1연대장 김완은 어렸을 때부터 무용으로 이름을 날렸으며 장성한 후에는 바로 군에 들어와 차근차근 경력을 쌓았는데 정유재란 때 공을 몇 차례 세워 몇 년 전 마침내 1사단의 얼굴이라 할 수 있는 1연대장 지위에 올랐다.

황진은 1사단 연대장 네 명을 아주 고심해서 뽑았다.

이번 전쟁의 선봉을 1사단이 맡을 게 자명한지라, 1사단을 실질적으로 움직이는 고위 장교들의 인선에 공을 기울였다.

그리고 네 명의 연대장 중에 가장 심혈을 기울인 것은 1사단 안에서 다시 선봉역할을 맡아야 하는 1연대장이었다. 김완은 수십 명의 경쟁자들을 물리치고 선봉역할을 차지했다.

김완은 추진력이 아주 뛰어난 장수였다.

황진의 젊었을 적 기질과 흡사한 면 역시 있었다.

그야말로 선봉 역할에 필요한 재능을 타고난 것이다.

황진이 옆으로 다가온 김완에게 물었다.

"1연대 준비상황은 어떤가?"

"언제든 출발할 수 있습니다. 명만 내려주십시오."

그 말에 황진이 반대편에 있던 참모장에게 물었다.

"해병대에게서 연락이 왔소?"

참모장이 곧장 대답했다.

"예, 한 시진 전쯤에 전령을 보냈습니다."

"갓산토다성이 꽤 단단해 애를 먹을 줄 알았는데 꽤 잘해냈군."

"별군이 크게 활약한 모양입니다."

고개를 끄덕인 황진이 돌아섰다.

"1연대는 지금부터 갓산토다성으로 진격해 성을 접수한다. 해병대가 길목을 지키고 있을 테니 별 어려움은 없을 것이다."

"성을 접수한 다음에는 어찌해야합니까?"

"2차 목적지까지 단숨에 진격해 방어진을 구축해두도록 해라."

"알겠습니다."

대답한 김완은 바로 군례를 올렸다.

황진 역시 자세를 고쳐 잡고 정식으로 군례를 받았다.

군례를 마친 김완은 바로 돌아섰다.

그에게는 추가 질문 따위 없었다.

그의 머릿속은 이미 2차 목적지에 대한 생각으로 가득

했다.

"1연대 집합!"

김완의 명령에 대기하던 1연대 병사들이 서둘러 집합했다. 1대대부터 5대대, 그리고 연대본부 병력까지 합쳐 3천이었다.

"지금부터 우리가 선봉에 선다! 1대대부터 출발해라!"

그 말에 1대대장이 앞으로 나와 병력이동을 지시했다.

1연대 병력 3천은 빠른 속도로 길을 따라 이동하기 시작했다.

첫 번째 경유지는 갓산토다성이었다.

해병대와 별군이 주변을 쓸어버린지라, 안전한 편이었지만 그래도 사람 일이란 게 모르는 거여서 수색중대가 앞장섰다.

김완의 이런 결정이 옳았다는 것은 곧 판명되었다.

적이 보급로를 끊기 위해 1연대 주위로 모여들기 시작했다.

본격적인 전쟁의 시작이었다.

4장. 야간기습

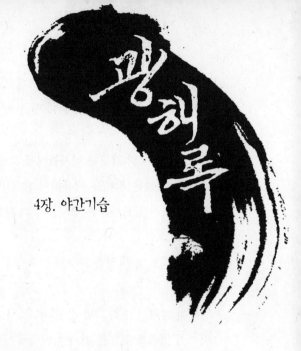

4장. 야간기습

김완은 철모를 위로 치켜 올렸다.

철모가 자꾸 밑으로 내려와 앞의 시야를 가렸던 것이다.

그렇다고 철모를 벗을 순 없었다.

그를 지켜보는 눈이 많았다.

당연한 말이지만 철모보다는 군모(軍帽), 즉 모자가 훨씬 편하다. 그리고 무거운 방탄조끼를 군복 위에 걸쳐 입는 것보다는 조끼 안에 든 철판을 빼놓고 다니는 게 훨씬 편하다.

그러나 그럴 수가 없었다.

지휘고하를 막론하고 철모를 벗거나, 방탄조끼를 제대

로 착용하지 않은 게 높으신 분, 이를 테면 사단장, 근위군 사령관, 도원수, 혹은 이혼의 눈에 띌 경우, 엄벌을 감수해야했다.

장교, 특히 고위 장교는 병사들에게 모범을 보여야하는 자리였다. 자기는 장비를 착용하지 않으면서 병사들에게 규정을 따르라 강요한다면 병사들이 그 지시를 따를 리 없었다.

철모를 위로 올린 김완은 주위를 쓱 훑어보았다.

싸늘했다.

단순히 날씨가 추워 그런 것은 아니었다.

마치 살얼음을 끼얹은 거처럼 일대에 냉랭한 기운이 감돌았다.

김완은 자신의 감을 믿었다.

이성이 감성보다 우선하는 사람들에게는 바보 같은 생각처럼 보일지 몰라도 김완은 자신의 감을 믿는 편이었다. 그리고 감을 믿어 도움을 받은 적보다 그렇지 않은 적보다 많았다.

"수색중대는 돌아왔나?"

김완의 질문에 동료와 대화하던 부관이 얼른 달려와 대답했다.

"곧 돌아올 겁니다."

"행군 속도를 늦춰라. 아무래도 분위기가 심상치 않다."

"알겠습니다."

부관은 각 대대에 전령을 보내 연대장의 명을 전했다.

잠시 후, 선두에 있던 1대대부터 속도를 서서히 줄여나갔다.

다른 부대는 1대대 뒤를 따르는지라, 자연스럽게 속도를 줄일 수밖에 없었다. 급속 행군할 때는 뒤에 있는 부대가 앞 부대를 잃어버리지 않는 게 중요하지만 지금은 상관없었다.

잠시 후, 수색중대가 본대에 복귀했다.

김완은 보고를 위해 찾아온 수색중대장에게 먼저 질문했다.

"상황이 어떤가?"

급히 달려왔는지 수색중대장이 숨을 헐떡이며 대답했다.

"근, 근처에 사람의 발자국이 많았습니다."

김완은 담담한 얼굴로 물었다.

"근처 백성이나, 화전민일 가능성은?"

수색중대장이 절대 아니라는 듯 고개를 세차게 저었다.

"발자국의 깊이로 봐서는 무장한 적일 가능성이 높습니다. 발자국이 향하는 곳 역시 연대의 행군지점과 일치했습니다."

김완이 손짓했다.

"알았다. 수색중대는 계속 근방을 수색하며 결과를 보고해라."

"예."

대답한 수색중대장은 대기하던 수색대원들을 불러 다시 떠났다.

적지에 들어오면 수색중대는 쉴 틈이 거의 없었다.

그들이 본대의 눈과 귀를 대신해야하는 것이다.

잠시 고민하던 김완이 부관을 불러 지시했다.

"적이 유격전을 감행해올 것 같으니 원형진을 펼치라고 해라."

"예."

부관은 재빨리 김완의 명을 일선 부대에 전했다.

현재 1연대의 행군 방식은 직선 형태였다.

1대대가 길을 뚫으면 그 뒤를 2대대, 3대대, 5대대, 그리고 본부대대가 이동하는 방식이었다. 이 방식은 빠른 속도로 행군할 수 있는 장점이 있는 반면, 좌우 측면 기습에 약했다.

좌우로 길게 늘어져있어 허리가 약한 것이다.

특히, 보급품을 수송하는 본부대대는 무장이 약해 위험했다.

안전한 곳이라면 직선 형태가 좋겠지만 이곳은 적진이었다.

지시를 받은 예하 대대들은 재빨리 새 진형을 갖추었다.

1대대는 여전히 선두에 서있었지만 가장 뒤에 있던 본부대대가 1대대 뒤에 들어가며 변화가 생겼다. 그리고 1대대 뒤에 있던 2대대는 본부대대에 자리를 양보함과 동시에 우측으로 빠졌다. 그리고 3대대는 본부대대 좌측으로 이동했다. 맨 뒤에는 5대대가 위치하며 본부대대 후방을 방어했다.

즉, 1대대가 정면, 2대대가 우측, 3대대가 좌측, 그리고 5대대가 후위에 자리해 가운데 있는 본부대대를 지키는 식이었다.

이런 원형진은 이혼이 근위사단을 직접 지휘할 때 썼던 방식으로 속도는 느리지만 기습에 대응하기 쉽다는 장점이 있었다.

김완은 1대대와 합류해 이동하며 주위를 면밀히 살폈다.

조용했다.

가끔 날아오르는 새 외에는 죽은 듯이 조용했다.

그러나 인기척이 전혀 없는 것은 아니었다.

소리만 없을 뿐, 그 속에서 무언가가 움직이는 게 틀림없었다.

김완은 하늘을 보았다.

노란색으로 물들었던 하늘이 다시 붉게 물들기 시작했다. 마치 하늘에 불이 난 거처럼 새빨간 빛이 폭죽처럼 피어났다.

김완은 옆에 있는 부관에게 불쑥 물었다.

"방어에 취약한 시간이 언제인지 아느냐?"

갑자기 질문을 받은 부관이 당황한 표정으로 대답했다.

"사관학교에서 배운 적이 있습니다."

"오, 그럼 정답을 알겠구나."

부관이 부끄러워하며 대답했다.

"예, 기억하고 있습니다."

"말해보아라. 내 경청하지."

마른 입술에 침을 바른 부관이 곧 대답했다.

"방어에 취약한 시간은 땅거미가 질 무렵입니다. 오히려 한밤중에는 눈이 어둠에 적응해 괜찮지만 지금처럼 땅거미가 질 무렵은 눈이 어둠에 적응을 하지 못한지라, 위험합니다."

"맞다. 그리고 하나가 더 있다."

김완의 말에 부관이 급히 물었다.

"언제입니까?"

"새벽이다. 어두울 때는 그 어둠이 경계심을 자극하기에 극도로 긴장한 상태에서 경계를 서기 마련이다. 그러나 서서히 동이 터오는 새벽에는 누구든 본능적으로 긴장을 풀기 마련이다. 또, 밤사이 경계를 서느라 몸이 피곤하기 때문에 새벽녘에는 집중력이 다소 흐트러질 수밖에 없다. 그럴 때야말로 기습하기 좋은 때인 것이다. 네가 일군을 이끄는 장교가 된다면 지금 한 말을 잘 기억해두는 게 좋을 것이다."

"예, 장군. 뼈에 새겨놓겠습니다."

부관이 대답함과 동시에 김완이 허리에 찬 용미를 뽑아들었다.

"적들도 그걸 아는 모양이군."

"예?"

부관이 놀라 묻는 사이.

돌아선 김완이 소리쳤다.

"적이 왔다! 모두 전투태세에 들어가라!"

잠시 후, 땅거미가 진 수평선 쪽에서 말발굽소리가 들려왔다.

그리고 뒤이어 조총의 총성이 어지럽게 울렸다.

눈이 어둠에 적응하는 틈을 노린 적이 생각보다 가까운 곳에 와있었다. 다행히 1대대 역시 준비를 마친 상태라, 기습당하는 불상사는 피할 수 있었다. 곧 용아의 총성이 울렸다.

"나는 연대를 통솔해야하니 이곳의 적은 1대대장이 처리해라!"

"예, 장군!"

김완은 군마의 방향을 돌려 본부대대쪽으로 돌아갔다.

그 사이, 1대대장은 기습한 적을 상대했다.

1대대장은 먼저 적의 숫자와 무기체계를 파악하기 위해 애썼다.

시야가 끝까지 닿지 않아 정확한 수는 알 수 없었지만 1, 2백 수준은 아니었다. 5, 6백은 족히 넘어 보이는 숫자였다.

병력 구성으로 보면 장창을 든 보병이 대부분을 차지했다. 그리고 기병은 서른 기였으며 조총부대는 50명이 넘지 않았다.

대대장은 왜군 사정에 정통한 부사관을 불러 물었다.

"자네가 보기엔 어디의 부대인 거 같은가?"

부사관은 고개를 살짝 저었다.

"표식이 없어 확인하기 어렵습니다."

그 말에 대대장은 각 중대에 전령을 보내 명했다.

"적은 조총병의 숫자가 적으니 바짝 달라붙으려할 것이다! 놈들이 거리를 좁히려들면 그때는 화력으로 먼저 제압해라!"

대대장의 지시를 받은 중대장은 그 말대로 따랐다.

사거리가 가장 긴 용아로 접근을 차단하며 후퇴했다.

조선군 사격에 피해를 입은 적은 조총부대를 앞세워 반

격하려 하였다. 그러나 1대대가 후퇴하며 다시 용아를 발사하니 사정거리가 닿지 않는 적의 조총부대는 있으나마나였다.

오히려 용아의 탄환에 맞아 바닥을 굴렀다.

조총부대가 힘을 쓰지 못하는 순간, 적은 대대장이 예측한대로 돌격을 감행했다. 그들이 자랑하는 백병전을 벌이기 위해서는 장창이 닿는 거리까지 거리를 좁혀야하는 것이다.

용아에 맞아가며 접근한 왜군이 10여 미터까지 거리를 좁히는 순간, 1대대 병사들은 죽폭에 불을 붙여 하늘에 던졌다.

펑펑펑펑!

죽폭이 터짐과 동시에 접근했던 적이 바닥에 쓰러졌다.

1대대는 훈련한 전술대로 긴밀히 움직이며 적을 쓰러트려갔다.

한편, 본부대대로 후퇴한 김완은 전령을 보내 다른 대대의 상황을 살피기 시작했다. 김완이 보기에 적이 노리는 것은 그가 있는 본부대대였다. 본부대대가 가진 군량과 무기를 태울 수 있다면 1연대를 제 자리에 주저앉히는 게 가능했다.

그때였다.

우측을 지키던 2연대가 소란스러워졌다.

처음엔 적의 기습인지 알았는데 아니었다.

오후에 다시 수색 나갔던 수색중대의 갑작스러운 귀환이었다.

병사들을 밀치며 달려온 수색중대장이 김완에게 급히 말했다.

"5천 정도의 병력이 사방을 에워싸는 중입니다!"

"5천이라 했느냐?"

"예!"

수색중대장은 틀림없다는 얼굴로 고개를 끄덕였다.

김완은 얼마 전 해병대가 보낸 정보를 급히 떠올렸다.

해병대는 별군의 도움으로 갓산토다성을 점령했다. 그리고 갓산토다성을 수비하던 호리요군에게 전멸에 가까운 타격을 입혔다. 그렇다면 이번 적은 호리요군일 가능성이 없었다.

1대대와 싸우던 적 역시 호리요군이 아니었다.

다른 영주의 군대가 이즈모에 들어와 호리요군 대신 조선군을 막고 있는 게 틀림없었다. 심상치 않다는 느낌을 받은 김완은 전 부대에 1급 경계태세를 발했다. 그리고 마쓰에항에 사람을 보내 이곳의 사정을 전했다. 또, 앞에 있는 갓산토다성에 수색대를 보내 그쪽의 사정을 알아오도록 했다.

김완은 성급하게 해결하려들지 않았다.

적의 정체와 숫자를 정확히 알지 못하는 상황에서 급히 해병대가 잇는 갓산토다성으로 가다가 기습당하면 큰일이었다.

"1대대의 상황을 빨리 알아와라!"

김완의 명에 전령들이 1대대가 있는 동쪽으로 달려갔다.

그 시각, 1대대를 기습했던 적들은 생각보다 강한 반격에 당황했는지 수십 구의 시체와 백여 명의 부상병을 전장에 남겨둔 채 도망치느라 정신이 없었다. 거의 완패에 가까웠다.

1대대장은 부상병을 심문해 그들이 어디 소속인지 알아냈다. 그리곤 마침 도착한 연대장 전령에게 알아낸 사실을 전했다.

전령들은 곧장 돌아가 보고했다.

"1대대를 기습한 적은 미마사카에 있는 모리 타다마사입니다."

"데려온 숫자는?"

전령 대장이 대답했다.

"6천이라고 들었습니다."

김완은 미심쩍은 얼굴로 물었다.

"우리가 마쓰에 상륙한 게 3일 전인데 6천을 모았단 말인가?"

"큐슈의 전라사단을 몰아내기 위해 준비해두었던 병력이라 들었습니다. 곧 서쪽으로 떠날 예정이었는데 조선군이 마쓰에에 쳐들어왔다는 말을 듣고 이쪽으로 움직인 모양입니다."

전령 대장의 대답에 김완이 혀를 찼다.

"최악이군."

전령들이 돌아가는 모습을 본 부관이 다가와 물었다.

"미마사카쪽 병력입니까?"

"그렇다고 하는군. 정보장교에게 가서 내가 보잔다고 전하게."

"예."

잠시 후, 부관은 시키는 대로 정보장교를 김완 앞에 데려왔다.

정보장교가 다소 긴장한 얼굴로 군례를 올렸다.

"찾으셨습니까?"

"상황은 파악했나?"

"오는 동안, 대충 들었습니다."

정보장교의 대답에 고개를 끄덕인 김완이 왜국지도를 펼쳤다.

"우리가 있는 곳이 지금 어디인가?"

지도를 보던 정보장교가 마쓰에과 갓산토다사이를 가리켰다.

"이쯤입니다."

"미마사카는 어디인가?"

김완의 이어진 질문에 정보장교가 지도 쪽으로 조금 다가왔다.

"마쓰에와 갓산토다는 이즈모지방입니다. 그리고 말씀하신 미마사카는 이즈모 밑에 있는 이곳입니다. 산요도에 속하지요."

김완 역시 다른 장교들처럼 왜국으로 출정하기 전에 왜국 지형에 대한 강의를 충분히 받았다. 그 지역 출신으로 이루어진 항왜가 한 강의이니 틀릴 일은 거의 없다고 봐야 했다.

그러나 강의와 실전은 엄연히 다른 법이었다.

지금은 강의와 실전 사이에 있는 괴리를 줄여가는 단계였다.

그리고 그 방법으로는 이쪽 지식에 해박한 자에게 물어보는 것이 가장 좋았다. 괜히 혼자 알아내려다가는 괜한 편견에 빠져 일을 그르치기 십상이었다. 그가 소대나, 중대를 이끄는 하급 장교였다면 그 피해는 그리 크지 않을 것이다.

그러나 그는 지금 연대장이었다.

3천 명의 목숨이 그에게 달려있었다.

김완은 자신의 능력을 필요보다 더 과신하지 않았다.

"산요도에 대해 설명해보게."

김완의 말에 정보장교가 주코쿠 남쪽 여덟 개 땅을 가리켰다.

"가장 서쪽, 즉 큐슈와 시모노세키를 두고 떨어져있는 이곳이 나카토입니다. 그리고 거기서부터 동쪽으로 움직이면 스오, 아키, 빈고, 빗추, 비젠, 미마사카, 하리마가 나옵니다."

김완이 지도에 있는 이즈모를 가리켰다.

"우리가 있는 이즈모는 산요도가 아닌가?"

"예, 이즈모는 산인도에 속해있습니다. 산인도는 서쪽부터 이와미, 이즈모, 호키, 이나바, 다지마, 단고, 단바, 오키입니다."

김완이 왜국 지도를 접어 품속에 다시 넣었다.

"지금부턴 미마사카의 영주에 대해 말해보게."

"미마사카영주의 이름은 모리 타다마사입니다. 타다마사의 선친은 모리 요시나리란 자인데 오다 노부나가의 가신이었습니다. 모리가문은 오다 노부나가가 죽은 후에 도요토미 히데요시를 섬겼고 다시 도요토미 히데요시가 죽은 다음엔 도쿠가와 이에야스를 섬겼습니다. 세키가하라가 벌어졌을 때는 도쿠가와가문과 은밀히 내통해 간토에서 활약했습니다. 그리고 그 공으로 이곳에 17만석의 영지를 얻었습니다."

"주코쿠에 있던 그 모리가문과는 다른 가문인가?"

김완의 질문에 정보장교가 고개를 끄덕였다.

"그렇습니다. 주코쿠의 그 모리가문과는 전혀 관계없습니다. 이 가문은 죽은 오다 노부나가의 가신으로 시작했으니까요."

"얘기가 나온 김에 그 주코쿠의 모리가문은 어떻게 되었나? 임진왜란에 주력을 파견했다가 주상전하께서 이끄시는 근위사단에 대패해 돌아간 것으로 아는데 후에 어떻게 되었나?"

기억을 떠올리는 듯 잠시 말이 없던 정보장교가 이내 답했다.

"모리가문의 가주였던 모리 테루모토가 이시다 미쓰나리의 청을 받아들여 세키가하라 때 서군의 총대장을 맡았다가 지금 오고쇼로 물러난 도쿠가와 이에야스의 동군에 패해 가문이 멸족직전까지 몰렸습니다. 다행히 같은 모리 일족으로 출전한 깃카와와 고바야카와 등이 동군에 줄을 댄 덕분에 멸족은 면했지만 영지 대부분을 잃고 주코쿠 서쪽 끝, 방금 전 말씀드린 스오와 나가토 쪽으로 쫓겨난 상태입니다."

"그럼 그 놈들은 큐슈에 쳐들어간 전라사단을 공격하려 갔겠군."

정보장교가 대답했다.

"예, 큐슈와 가장 가까운 곳에 있으니 틀림없이 선봉으로 큐슈에 들어가 그곳에 있는 전라사단을 공격하려 할 것입니다. 지금은 쇼군인 도쿠가와가문에 잘 보여야할 테니까요."

고개를 저은 김완이 화제를 돌렸다.

"우리 상대는 그 놈들이 아니니 이제 다른 얘기를 해보도록 하세. 미마사카의 모리 타다마사란 영주에 대해 말해보게."

김완의 지시에 정보장교는 품속에 숨긴 책자를 꺼내 펼쳤다.

"국정원이 배포한 자료에 따르면, 모리 타다마사는 자기 영지의 백성 수백 명을 처형한 전력이 있다고 합니다. 그리고 가문 내에 알력이 자주 발생하는 등 생각보다 영지에 대한 지배력이 강하지 않아 맹장으로 이름난 선친 모리 요시나리에 비해 능력이 떨어진다는 평가가 지배적인 상황입니다."

정보장교의 대답을 들은 김완은 고개를 돌려 부관에게 물었다.

"해병대 쪽에 간 수색대는 아직 인가?"

"갓산토다성에도 일이 생겼을 거라 생각하십니까?"

"그렇지 않겠나? 미마사카의 모리 타다마사가 호리요의 영지인 이곳 이즈모에 들어와있다는 말은 근처에 있는 다른 영주들 역시 군대를 이끌고 이즈모에 들어왔을 확률이 크다는 말일 걸세. 전체적인 판을 알지 못하고 움직이면 위험해."

김완이 기다리던 수색대는 그날 저녁에 돌아왔다.

"갓산토다성의 상황이 어떻던가?"

"적에게 포위당한 상황이었습니다."

수색대중대장의 대답에 김완은 고개를 돌려 부관을 보았다.

부관은 말없이 고개를 끄덕였다.

다시 고개를 돌린 김완이 수색중대장에게 물었다.

"적의 숫자는?"

"보병과 기병을 합쳐 3천이었습니다."

"어느 영주의 부대던가?"

"그들이 가진 군기의 그림을 그려서 가져왔습니다."

그 말에 정보장교가 수색중대장에게 걸어갔다.

"제가 보겠습니다."

"여기 있소."

수색중대장이 건넨 종이는 땀에 젖어 축축했다.

그러나 종이에 그린 그림을 알아보는데 어려움은 크게 없었다.

"이건 호키에 있는 나카무라가문의 깃발입니다."

정보장교의 말에 김완이 그림을 살펴보며 물었다.

"호키면 자네가 방금 전 말한 이즈모 동쪽에 있는 지방 아닌가?"

"맞습니다. 이즈모와 함께 산인도에 속해있지요."

정보장교의 대답을 들은 김완이 급히 물었다.

"호키의 나카무라가문에 대해 말해보게."

"호리요가문의 가주였던 요시하루처럼 나카무라가문을 일으켜 세운 나카무라 카즈우지란 자 역시 도요토미가문의 삼중로를 한때 맡았었습니다. 아시겠지만 삼중로라하면 도요토미정권 안에서 마찰이 자주 발생한 오대로와 오봉행의 중재자역할을 맡은 사람들을 가리킵니다. 얼마 전 해병대 손에 죽은 호리요 요시하루와 나카무라 카즈우지, 이코마 지카마사, 이 세 명을 합쳐서 도요토미의 삼중로라고 부릅니다."

오대로는 도쿠가와 이에야스 등 대영주들을 한데 모아놓은 집단이었다. 그리고 오봉행은 이시다 미쓰나리처럼 도요토미 히데요시의 심복들로 실무를 보는 실무진의 이름이었다.

오대로와 오봉행, 특히 도쿠가와 이에야스와 이시마 미쓰나리의 의견 마찰이 잦아 이를 중재할 역할이 필요했는데 이를 맡은 사람들이 바로 삼중로였던 것이다. 삼중로는 대영주는 아니지만 어느 정도 명성을 가진 중견 영주들이 맡았다.

김완이 고개를 끄덕이며 물었다.

"그 나카무라 카즈우지가 병력을 동원한 건가?"

그 말에 정보장교는 고개를 저었다.

"나카무라 카즈우지는 죽은 지 6년쯤 지났습니다."

"그럼 형제나, 아들이 가독을 이었겠군."

"예, 나카무라 카즈타다란 어린 아들이 계승했습니다."

김완이 관심을 드러내며 물었다.

"지금 몇 살인가?"

"조사한 정보에 따르면 현재 열여섯 살입니다."

김완이 볼을 씰룩거렸다.

열여섯 살은 애매한 나이였다.

현대라면 한창 공부할 나이지만 지금의 열여섯 살은 전투에 참가해 제몫을 하기 충분한 나이였다. 특히, 영주의 아들은 어린 나이부터 전쟁터를 전전하며 경험을 쌓기 마련이었다. 열여섯 살이라고 무시하다간 큰 코 다칠 위험이 있었다.

그러나 반대로 어린애의 치기가 남아있을 가능성 역시 높았다. 나이보다 조숙하다곤 하지만 모두가 그런 건 아니었다.

그래서 김완은 애매한 나이라 생각한 것이다.

"어떤 자인가? 그 나카무라 카즈타다란 놈 말이야."

"애송이입니다."

"그건 자네 의견인가?"

김완의 질문에 정보장교가 손을 저었다.

"아닙니다. 그에 대해 조사한 국정원 요원들의 분석내용입니다."

정보장교의 대답을 들은 김완이 피식 웃었다.

"애송이란 말이군."

"그렇습니다."

"나카무라가문에 이름난 가신이 있는가?"

"있었지만 내분이 생겨 거의 다 죽은 상태입니다."

"으음."

신음을 뱉은 김완은 허벅지를 탁 치며 고개를 끄덕였다.

"애송이는 애송이일 뿐이지."

옆에 있던 부관이 급히 물었다.

"무슨 뜻이십니까?"

"나카무라 카즈타란 애송이는 발언권이 거의 없을 것이다. 아버지가 삼중로였던 덕분에 운 좋게 금수저를 물고 태어났을 뿐이지. 그렇다면 이번 공격을 주도한 것은 미마사카에서 온 모리 타다마사란 영주일 것이다. 그리고 이 모리 타다마사에게 한방먹이면 해병대를 포위한 나카무라군도 자연히 물러가겠지. 좋아. 작전을 세울 테니 모두 불러와라."

"옛!"

대답한 부관은 곧장 대대장 네 명을 불러들였다.

김완은 긴장한 얼굴로 앉아있는 대대장들을 둘러보며 물었다.

"오늘 오후에 1대대가 기습을 당했다. 다들 들어 알고 있겠지?"

"예!"

"적의 의도가 무엇이라 생각하나?"

김완의 두 번째 질문에 당사자인 1대대장이 대답했다.

"제 생각엔 적은 연대의 속도를 떨어트리려했던 것 같습니다. 그래야 해병대가 있는 갓산토다성에 가지 못할 테니까요."

1대대장을 힐끔 본 김완이 고개를 끄덕였다.

"맞다."

1대대장은 다른 대대장들을 보며 어깨를 으쓱거렸다.

그때, 김완이 다시 입을 열었다.

"그러나 그게 적의 정확한 의중은 아닐 것이다. 연대의 속도를 떨어트릴 생각이었다면 조금 더 많은 병력을 투입해 압박을 가했을 것이다. 알다시피 이 주변에는 모리 타다마사란 자가 데려온 6천 병력이 깔려있다. 적은 수백이 아니라, 최소 천 명 단위의 병력을 단숨에 투입할 능력이 있었다."

2대대장이 손을 들었다.

"그럼 연대장님은 적의 의도가 무엇이라 보십니까?"

"이는 유인계였다. 1대대가 적의 유인계에 딸려 들어갔다면 그 좌우에 있던 2대대와 3대대 역시 속도를 높일 수밖에 없었을 것이다. 그래야 대대 간의 행군 간격이 맞을 테니까."

대대장들을 둘러보던 김완이 3대대장에게 물었다.

"이럴 경우의 문제점이 뭔지 자넨 아는가?"

지목받은 3대대장이 잠시 생각한 후에 대답했다.

"연대의 진형이 좌우로 길게 늘어지게 됩니다."

"정확하다. 선봉이 유인계에 딸려 들어가면 연대 진형이 길게 늘어지게 된다. 진형이 길게 늘어지면 어떤 일이 발생하지?"

김완의 질문에 2대대장이 손을 들었다.

"측면 기습에 약해집니다."

"맞다. 2대대장의 대답처럼 측면 기습에 약해진다. 적은 실제로 측면 기습을 노렸다. 수색대가 정찰한 결과와도 일치한다."

5대대장이 물었다.

"그렇다면 적이 측면기습을 포기한 이유가 무엇입니까?"

"1대대가 유인계에 딸려 들어가지 않았기 때문이다. 1대대가 공을 세우기 위해 무리하게 들어갔다면 크게 당했을 것이다."

김완의 말에 다른 대대장들이 1대대장을 부러운 눈빛으로 보았다. 이번 전투에서는 1대대장이 공을 크게 세운 것이다.

그때, 김완이 임시 탁자를 살짝 쳤다.

1대대장에게 쏠려 있던 시선이 다시 김완에게 향했다.

김완은 주변 지형을 설명하며 말했다.

"수색중대의 보고에 따르면 모리 타다마사가 지휘하는 6천명의 병력이 우리와 갓산토다성 사이를 막고 있다. 다시 말해 모리 타다마사를 쓰러트리지 않으면 해병대가 곤란해진다는 말이다. 가져간 군량이 떨어져갈 테니 시간을 더 끌리면 위험해지는 것이다. 그리고 조선군 전체의 진격속도에도 차질이 빚어진다. 나는 1연대 때문에 조선군의 진격속도에 차질이 빚어지는 것을 원하지 않는다. 내가 죽는 한이 있어도 그 꼴을 볼 순 없다. 내 말 무슨 뜻인지 다들 알겠지?"

긴장한 대대장들이 부동자세로 대답했다.

"옛!"

"그럼 지금부터 작전을 설명하겠다. 한 글자도 놓치지 마라."

회의가 끝난 후 대대장들은 자기 부대로 급히 돌아갔다.

그 날 밤, 3대대 병력 일부가 진채를 나와 북서쪽으로 이동했다. 저녁에 한 수색정찰결과에 따르면 모리군 6천은 두 개 부대로 나뉘어 북서쪽과 북쪽 산 정상에 주둔하고 있었다.

사실, 모리 타다마사는 빨리 움직일 필요가 없었다.

그저 시간을 끌며 갓산토다성을 포위한 나카무라 카즈타다가 성 안에 있는 해병대를 전멸시키는 것을 기다리면 되었다.

오히려 마음이 급한 쪽은 모리군이 아니라, 1연대였다.

모리 타다마사 역시 이를 모르지 않아 움직일 생각이 없었다.

김완은 늙은 소처럼 웅크리고 있는 모리 타다마사를 바쁘게 만드는 게 먼저라는 생각이 들었다. 그리고 그러기 위해서는 소의 꼬리에 불을 붙일 사람이 필요했다. 아무리 잘 웅크리고 있어도 꼬리에 불이 붙으면 당황하기 마련이었다.

김완은 그 일을 3대대장에게 맡겼다.

북서쪽 산 근처에 도착한 3대대장은 어둠 속에 웅크린 자세로 좌우를 살폈다. 무덤 두 개가 나란히 놓여 있는 것처럼 북서쪽의 산과 북쪽에 있는 산이 서쪽을 보며 늘어서 있었다.

만약, 아군이 북서쪽이나, 북쪽에 있는 산 중 하나를 공격하면 반대편에 있는 산에서 다른 쪽 산을 지원하는 구조였다.

흔한 진형 중 하나였다.

그리고 효율이 좋은 진형 중 하나였다.

적의 주둔 형태를 대충 파악한 3대대장이 명을 내렸다.

"모두 가져온 옷으로 빨리 갈아입어라."

"예."

대답한 병사들은 왜군의 옷과 갑옷으로 갈아입었다.

임진왜란과 정유재란 때, 노획한 왜군의 옷과 갑옷이 적지 않았다. 그래서 적으로 위장하는 데는 별 어려움이 없었다.

3대대장은 뒤를 돌아보았다.

3대대 1중대 병력 100여 명이 긴장한 얼굴로 그를 바라보았다.

"1중대장."

병사들의 복장을 봐주던 1중대장이 바로 달려왔다.

"부르셨습니까?"

"지금부터 1, 2소대는 북쪽, 3, 5소대는 북서쪽으로 이동한다."

"예."

대답하며 돌아서는 1중대장에게 3대대장이 다시 물었다.

"부하들에게 어떻게 해야 하는지 알려주었겠지?"

"예, 모두 숙지한 상태입니다."

"좋아. 시작하게."

"예."

대답한 1중대장은 병력을 반으로 나눠 북쪽과 북서쪽에 각각 보냈다. 1중대장 자신은 북서쪽으로 가는 병력을 이끌었다.

나무와 풀, 그리고 바위와 관목 숲을 지난 1중대는 얼마 가지 않아 산 외곽을 지키는 모리군의 경계부대와 맞닥뜨렸다.

잔뜩 긴장한 모리군은 1중대가 입은 복장을 보더니 안심했다.

1중대를 아군으로 착각한 것이다.

그도 그럴 수밖에 없는 게 달빛이 있다곤 하지만 어둠 속에서 왜군의 옷과 갑옷을 걸친 다음, 왜군이 사용하는 무기를 든 1중대를 보고 조선군이라 생각할 수는 없는 일이었다.

모리군 몇 명이 다가오며 왜국말로 뭐라 소리쳤다.

1중대장이 고개를 돌려 통역병을 보았다.

통역병이 1중대장 귀에 속삭였다.

"우리에게 어느 가신 밑에 있는 병력인지 물어보고 있습니다."

"위장작전이 제대로 통한 셈이군."

"그렇습니다."

"미안하지만 우리는 어떤 가신의 소속도 아니라고 말해
주게."

1중대장의 말을 통역병이 큰 소리로 통역했다.

다가오던 모리군 소속 병사들이 걸음을 멈추더니 다시
물었다.

1중대장이 다시 통역병을 보았다.

통역병이 물어보기도 전에 얼른 대답했다.

"그럼 어디 소속이냐고 묻고 있습니다."

"너희들은 알 자격이 없다고 전해라. 곧 죽을 테니까 말
이야. 물론, 뒤에 말은 통역하지 마라. 그 정도 구분은 하
겠지?"

"예, 저도 바보는 아니니까요."

통역병이 1중대장의 말을 통역하는 순간.

1중대장이 손짓했다.

그 즉시, 뒤에 있던 병사들이 뛰어나와 조총을 겨누었
다.

지금은 위장작전 수행 중이므로 용아대신 조총을 사용
했다.

용두에 걸려있는 심지가 도깨비불처럼 시뻘겋게 달아올
랐다.

그 모습을 본 모리군이 화들짝 놀라 움직임을 멈췄다.

"쏴라!"

명이 떨어짐과 동시에 조총 30여 정이 일제히 불을 뿜었다.

1중대를 아군으로 착각해 다가왔던 모리군 10여 명이 조총 탄환에 맞아 벌집으로 변했다. 거리가 가까워 모두 즉사였다. 조총의 총성은 그 효과가 대단했다. 벌집에 누가 돌을 던진 거처럼 사방에서 고함소리와 비명소리가 같이 들렸다.

북서쪽 산 정상에 매복해있던 모리군이 득달같이 내려왔다.

"후퇴!"

1중대장의 명령에 조총을 쏘았던 병사들이 산 입구로 후퇴했다. 도망치는 1중대를 본 모리군은 벌떼처럼 쫓아 내려왔다. 자신들의 숫자가 더 많다는 것을 본능적으로 안 것이다.

"한 번 더 건드려줘야겠군."

중얼거린 1중대장은 활을 든 병사들에게 공격하라 명했다. 사실, 적을 맞추려는 의도는 없었다. 그저 화만 돋우면 되었다.

1중대장의 작전은 정확히 맞아떨어졌다.

화가 난 적이 유인당해 평지까지 내려온 것이다.

"이제 도망친다!"

"예!"

"도망칠 때는 땅 밑을 잘 살펴봐라! 넘어지면 그걸로 끝이니까!"

1중대가 북서쪽 산에 있던 적을 끌어내는 사이.

반대편 북쪽 산으로 올라간 1중대의 나머지 병력 역시 진채 주위에 경계를 서던 적을 몇 차례 공격해 밖으로 유인했다.

잠시 쫓고 쫓기는 추격전이 벌어졌으나 미꾸라지처럼 도망치는 1중대를 잡는 데 결국 실패한 적은 산으로 돌아갔다.

"적이 돌아갔습니다."

1중대장의 말에 3대대장은 미소를 지었다.

"한 번 더 끌어내라."

"예."

1중대장은 방금과 같은 방법으로 적을 끌어냈다.

물론, 이번에는 대화할 여유가 없었다.

1중대를 본 적이 다짜고짜 공격을 펼친 것이다.

그러나 이런 상황을 예측했던 1중대장은 큰 피해를 입지 않은 채 산 속에 숨어있던 적을 다시 끌어내는데 성공했다.

1중대장에게 적이 다짜고짜 공격해왔다는 말을 들은 3대대장은 바로 본부대대에 있는 김완에게 이곳의 상황을 전했다.

팔짱을 낀 채 의자에 앉아 기다리던 김완이 벌떡 일어났다.

"좋아! 무대가 만들어졌군! 1대대와 2대대는 지금 어디 있나?"

"3대대가 적을 유인하는 동안, 각자 맡은 위치에 도착했습니다."

"음, 순조롭군."

김완은 만족한 표정을 지었다.

3대대가 적을 공격한 이유는 단순히 끌어내기 위해서는 아니었다. 1대대와 2대대가 움직이기 쉽게 시선을 끌어준 것이다.

심호흡을 한 차례 한 김완이 부관에게 명했다.

"1대대에 일러 북서쪽에 있는 적을 공격하라고 해라!"

"예!"

잠시 후, 북서쪽 산 뒤에 매복해있던 1대대가 적의 진채로 진격했다. 3대대가 북서쪽 산에 있는 적의 시선을 끌어준 덕분에 1대대는 별 피해 없이 적 진채 뒤에 무사히 도착했다.

1대대장이 적의 진채를 가리키며 소리쳤다.

"공격!"

그 말에 용아의 총성 수백 발이 밤하늘을 무수히 갈랐다. 그리고 뒤이어 불이 붙은 죽폭이 진채의 목책을 무너트렸다.

　진채 뒤에 커다란 구멍이 뚫렸다.

　이젠 진입하는 일만 남은 것이다.

5장. 험난한 시작

光海錄

5장. 험난한 시작

횃불을 킬 필요는 없었다.

죽폭이 만든 화재가 나무로 만든 진채에 알아서 불을 붙
였다.

사방에서 새빨간 화염이 치솟았다.

검은 하늘에 등대 수십 개를 동시에 밝힌 것 같았다.

"1중대부터 돌격!"

1대대장의 명령에 착검한 1중대가 진채 안으로 뛰어들
었다.

화염이 만든 불꽃과 검은 재, 그리고 불똥이 반딧불처럼
날았다.

탕탕!

용아의 총성이 울릴 때마다 달려오던 적이 고꾸라졌다.

"2중대, 3중대 돌격!"

1대대장의 이어진 명에 대기하던 2중대와 3중대가 돌격했다.

"이곳에 용폭을 설치해라!"

"예!"

반쯤 타버린 목책을 무너트린 2중대가 측면을 들이쳤다. 그리고 3중대는 아예 반 바퀴 돌아 적의 후방을 공격했다. 1중대를 막기 위해 뒤쪽으로 쏠려있던 적은 3중대를 막기 위해 급히 돌아섰다. 적의 수뇌가 후방에 모여 있어 지켜야했다.

"추격하라!"

1중대는 도망치는 적을 쫓아 안으로 뛰어들었다.

펑펑펑!

용아의 총성과 죽폭의 폭음이 연달아 들려왔다.

그리고 그럴 때마다 쓰러지는 것은 적이었다.

"3소대 왼쪽으로 우회해라!"

1대대 1중대장은 정신없이 명을 내렸다.

사방에 적이 있어 누구 먼저 공격해야하는지 알기 어려웠다.

1중대장이 앞으로 뛰어가 1소대 쪽에 소리쳤다.

"1소대는 속도를 줄여라! 너무 깊이 들어갔다!"

비명소리와 고함소리가 뒤섞여있어 듣지 못했는지 적진 깊이 들어간 1소대는 속도를 줄일 기미가 전혀 보이지 않았다.

"이런 멍청한 놈들!"

욕을 한 1중대장이 1소대 쪽으로 급히 걸음을 옮기려는 찰나.

뒤에 있던 부관이 비명을 날선 질렀다.

"조심하십시오!"

그 말에 걸음을 멈춘 1중대장은 급히 고개를 옆으로 돌렸다.

"으아아!"

사무라이 하나가 칼을 머리 위로 치켜든 채 달려들었다.

1중대장은 재빨리 용미를 뽑아 사무라이 가슴 쪽을 겨누었다.

두 사람의 거리는 순식간에 좁혀들었다.

3미터, 2미터, 1미터.

사무라이가 내뿜는 강렬한 살기가 1중대장의 목을 할퀴었다.

1중대장은 지체 없이 용미의 방아쇠를 당겼다.

찰칵!

방아쇠가 용미 뒤에 달려있는 공이를 앞으로 밀어냈다.

그러나 총성은 울리지 않았다.

불발이었다.

탄환 문제인지, 공이 문제인지 이유는 알 수 없지만 어쨌든 불발이었다. 그때, 사무라이 칼이 1중대장 철모에 떨어졌다.

"으윽."

철모에 떨어진 칼이 1중대장 얼굴을 비스듬히 베어갔다.

살이 벌어지며 붉은 피가 온 얼굴을 적셨다.

피로 인해 눈앞이 흐려진 1중대장은 손에 쥔 용미를 휘둘렀다.

그러나 막무가내로 휘두르는 용미에 맞아줄 적은 거의 없었다.

가볍게 피한 사무라이가 양 손에 쥔 왜도를 옆으로 휘둘렀다.

촤악!

다시 한 번 피가 튀며 1중대장 옆구리를 가린 방탄조끼가 찢어지며 안에 든 솜이 밖으로 삐져나왔다. 상처가 아주 깊지는 않았다. 그러나 베인 충격에 몸이 옆으로 밀려갔다.

사무라이는 어떻게 해서든 1중대장을 죽일 생각인지 다시 덮쳐왔다. 균형을 잃은 1중대장은 급히 눈에 묻은 피를 닦았다.

그 순간, 붉은 장막이 쳐져있던 시야가 트이며 적이 보였다.

그리고 적이 든 왜도가 목을 베어오는 모습이 보였다.

1중대장은 쓸쓸한 미소를 지었다.

"젠장."

그때였다.

뒤에 있던 부관이 앞으로 나와 용아를 적에게 찔러갔다.

푹!

착검한 용아의 총검이 사무라이의 가슴 정중앙을 관통했다. 얼마나 힘을 주었는지 갑옷을 관통해 깊은 상처를 남겼다.

그러나 사무라이의 의지 또한 대단했다.

심장 부근을 찔렸으니 움직이지 못할 거라 생각했는데 그게 아니었다. 마지막 남은 힘을 두 손에 쥔 왜도에 쏟아 부었다.

팟!

1중대장의 목이 잘리며 피가 용솟음쳤다.

"중대장님!"

비명을 지른 부관은 쓰러지는 중대장을 받아 바닥에 눕혔다.

그리곤 벌어진 목의 상처에 자기 손바닥을 대었다.

"근, 근처에 누구 없느냐? 어, 어서 의원을 불러와라!"

부관의 외침을 들은 병사들이 후방에 있던 중대 소속 의원을 불러왔다. 그 사이, 부관은 지혈하기 위해 갖은 노력을 다했지만 동맥이 잘렸는지 피가 손가락 사이로 삐져나왔다.

"내가 살펴보겠소!"

달려와 1중대장 옆에 쓰러지듯 주저앉은 의원이 손에 든 약 가방을 옆에 내려놓으며 상처 부위를 빠르게 살폈다. 그러더니 손가락을 코 밑에 대어 숨을 쉬는지 살폈는데 상황이 좋지 않은지 불그스름하던 얼굴이 이내 하얗게 질려버렸다.

그 모습을 본 부관이 몸을 사시나무처럼 떨며 물었다.

"용, 용태가 어, 어떻소?"

의원은 어두운 표정으로 고개를 저었다.

"이미 임종하셨소."

"아!"

그 말에 부관은 짧은 비명을 지르며 주저앉았다.

그리곤 양손에 묻은 피를 군복 자락에 닦았는데 혼이 나갔는지 멍청한 얼굴로 죽은 중대장과 의원을 번갈아 보았다.

보다 못한 의원이 부관의 멱살을 잡아 끌어당겼다.

"빨리 정신 차리시오. 지금부턴 당신이 1중대를 지휘해야하오."

부관이 손을 저었다.

"난, 난 못하오. 그렇지. 1소대장을 불러오면 되겠군. 1
소대장이 나보다 먼저 임관했소. 그, 그에게 지휘를 맡겨
야겠소."

의원이 부관에게 고함을 지르듯 소리쳤다.

"상황을 냉정히 보시오! 1소대는 지금 적진에 너무 깊숙
이 들어가는 바람에 여기까지 올 수 없는 상황이오! 그래
서 당신이 아니면 지휘할 사람이 없으니 빨리 정신을 차리
시오!"

그 말에 부관은 눈을 껌뻑거리다가 자기 머리를 주먹으
로 세게 쳤다. 철모를 쓴지라, 손가락이 금세 퉁퉁 부어올
랐다.

그러나 어쨌든 그 덕분에 정신을 차렸는지 벌떡 일어나
자기 멱살을 쥔 의원의 손을 떼어냈다. 그리곤 심호흡을
하였다.

피 냄새가 코끝을 강하게 찔렀다.

피 역시 당연히 고유의 냄새가 있었다.

피의 양이 적을 때는 그 냄새를 알기 어렵지만 지금처럼
사람의 몸 안에 있는 피가 전부 빠져나왔을 때는 마치 녹
슨 구리를 만졌을 때 나는 냄새와 비슷한 냄새가 풍기곤
하였다.

심호흡한 부관이 눈을 부릅뜬 중대장의 시신을 내려다 보았다.

마지막까지 자신의 죽음을 믿지 못한 듯했다.

그 모습을 본 부관은 인생이 참으로 덧없다는 생각이 들었다.

부관은 중대장의 눈을 감겨주었다.

그리곤 주위를 둘러보았다.

중대본부에 속한 병사들이 그를 보고 있었다.

"우선 중대장님의 시신부터 진채 밖으로 옮겨야겠다!"

"예!"

대답한 병사들은 중대장의 시신을 가방에 넣어 밖으로 옮겼다.

그런 다음, 적진에 거의 고립되기 직전인 1소대에게 후퇴를 명했다. 1소대가 너무 깊이 들어가 진형이 무너져있었다.

1소대는 몇 명의 사상자를 더 낸 다음에야 진형에 복귀했다.

부관은 그제야 중대장이 1소대장을 싫어한 이유를 알 것 같았다. 1소대장은 공을 다소 탐하는 성격으로 유명했다. 그런 성격은 훈련이 있거나, 상부에서 검열이 나왔을 땐 아주 좋았다. 성과가 잘 나오고 검열 역시 책잡힐 일이 없이 완벽하게 해내 중대장이 따로 신경 쓸 필요가 없는 것이다.

그러나 실전에 들어오면 최악이었다.

공을 탐하느라 부하들을 사지로 끌어들이기 일쑤였다.

어쨌든 1소대를 후퇴시킨 부관은 대대본부에 전령을 보내 1중대장이 전사했다는 소식을 전했다. 그리곤 전령이 돌아오기 전까지 다른 중대와 보조를 맞춰가며 적을 압박했다.

부관은 정신이 없었다.

처음 맡은 지휘에 머리가 터질 지경이었다.

그러나 시간이 조금 더 흐른 후에는 뭐를 해야 할지 감이 잡히기 시작했다. 그는 전사한 중대장에게 감사한 마음이 들었다. 중대장이 생전에 잘 가르쳐준 덕분에 적응을 빨리 할 수 있었다. 중대장을 잃긴 했지만 1연대 1대대 1중대 병력 90여 명은 똘똘 뭉쳐 진채에 있는 적을 몰아붙였다.

탕탕탕!

용아를 쏜 병사들은 뒤로 물러나와 빈 약실에 탄환을 장전했다. 그리고 그 사이, 다른 병사들은 죽폭을 던져 적의 접근을 차단했다. 백병전은 피하는 조선군 특유의 전술이었다.

조선군이 개발한 백병전 전술이 적보다 못하지는 않지만 적이 잘하는 전술로 굳이 맞상대할 필요가 전혀 없는 것이다.

진채에 있던 적을 거의 다 몰아붙였을 무렵.

대대본부에 갔던 전령이 숨을 헐떡이며 돌아왔다.

부관이 급히 물었다.

"대대본부에서 뭐라 하던가?"

"부관님을 새 중대장에 임명한다고 했습니다."

부관이 놀라 되물었다.

"그게 무슨 말인가?"

"방금 전에 말씀드린 대로입니다. 이게 사령장(辭令狀)입니다."

"이리 줘보게."

부관은 전령의 손에 들린 사령장을 뺏어 펼쳐보았다.

전령 말 대로였다.

먹물이 채 마르지 않은 상태에서 급히 휘갈겨 쓴 문장에는 죽은 중대장을 대신해서 그를 중대장에 앉힌다는 내용이 적혀 있었다. 그리고 말미엔 대대장의 이름과 그의 이름이 적혀 있었다. 부관은 다시 한 번 자신의 이름을 확인했다.

그의 이름이 틀림없었다.

정충신(鄭忠信).

부관, 아니 정충신은 사령장을 고이 접어 군복에 집어넣었다.

"휴우."

정식 중대장으로 취임한 정충신의 첫 번째 명령은 적을 소탕하란 명령이었다. 적은 진채 끄트머리까지 밀려 간신히 버티는 중이었는데 정충신의 1중대는 그런 적을 밀어붙였다.

이제는 익숙한 용아의 총성이 어지럽게 울렸다.

그리고 불이 붙은 죽폭 10여 개가 빙글빙글 돌며 날아갔다.

빨갛게 타오른 죽폭의 심지가 반딧불처럼 허공을 떠다녔다.

콰콰쾅!

죽폭이 터지며 진채 안에 임시로 만든 막사가 폭발했다.

화르륵!

불이 붙은 막사는 홀로 타지 않았다.

그 옆에 있는 무기고와 군량고까지 불길에 휩싸였다.

병사들은 피곤해 보이는 얼굴로 불타는 막사를 지켜보았다.

불이 붙은 왜군이 화염 속에서 뛰어나올 때마다 깜짝깜짝 놀랐으나 그게 다였다. 북서쪽 산에 주둔한 모리 타다마사의 3천 병력은 1대대의 기습에 전멸에 가까운 피해를 입었다.

"불이 이쪽으로 번지는군! 뒤로 물러나라!"

정충신의 명령에 병사들이 연기를 뚫고 뒤쪽으로 도망쳤다.

검은 재와 불똥이 온 사방에 가득했다.

그리고 살과 머리카락이 불타며 나는 노린내가 코를 찔렀다.

중대를 순찰하던 1대대장이 정충신을 방문했다.

"전임 중대장의 시신은 어찌 했는가?"

"진채 밖으로 옮겼습니다."

고개를 끄덕인 1대대장이 정충신의 어깨를 부드럽게 잡았다.

"경황이 없을 텐데 아주 잘해주었다."

정충신이 머리를 숙였다.

"중대장을 지키지 못해 송구스러울 따름입니다."

"잘 한건 잘 한 거야. 그래, 중대 사상자는 파악했는가?"

1대대장의 질문에 정충신은 중대본부 부사관이 준 표를 꺼냈다.

아직 불길이 꺼지지 않아 글자를 읽는데 전혀 무리가 없었다.

"전사자는 중대장을 포함 네 명입니다. 그리고 중상자는 두 명, 경상자는 열 명인데 경상자는 전투하는데 문제없습니다."

대대장의 얼굴이 어두워졌다.

"음, 피해가 생각보다 꽤 크군. 당분간 보충병은 없을 테니 남은 병력을 가지고 중대를 잘 이끌어보게. 중대장이 전사한 것은 안타까운 일이지만 어쩌면 자네 능력을 다른 사람들에게 보여줄 수 있는 절호의 기회일지도 모르니까 말이야."

"명심하겠습니다."

정충신의 등을 두드려준 1대대장이 다른 중대로 가려는 순간.

정충신이 급히 1대대장 뒤를 따라가며 물었다.

"이제 1중대는 무엇을 해야 합니까?"

그 말에 1대대장이 지휘봉으로 자기 머리를 살짝 쥐어박았다.

"아차, 그 말을 안했구먼. 화재가 다른 쪽으로 옮겨가지 않도록 조심하면서 휴식을 취하게. 오늘 밤엔 이동이 없을 거야."

"옛!"

대답한 정충신은 기쁜 소식을 병사들에게 알렸다.

병사들의 반응이야 두 말할 필요 없었다.

어제 새벽부터 걷기 시작해 지금까지 거의 쉬어보질 못했으니 휴식을 취하란 말이 꿀처럼 달콤할 수밖에 없는 것이다.

부하들에게 휴식을 취하라 명한 정충신은 진채 밖으로 나왔다. 그리고 곧장 대대본부가 있는 공터로 걸어갔다. 대대본부 병력 역시 경계를 서는 병력 외엔 모두 휴식을 취하는 중이었다. 정충신은 임시 막사를 돌아보다가 한곳에 멈췄다.

소가죽으로 만든 시신가방 30여 개가 막사 안에 놓여있었다.

잠시 멈칫한 정충신은 막사 입구에 서있던 헌병에게 물었다.

"오늘 나온 시신들인가?"

"예."

"명복을 빌고 싶은데."

"여기 이름을 적으십시오."

헌병이 건넨 책에 붓으로 이름을 적은 정충신이 임시 막사 안으로 들어갔다. 후덥지근한 열기에 악취가 배어나왔다.

정충신은 가방에 달려있는 이름표를 일일이 확인했다.

시신이 30여 구 밖에 없는지라, 금방 확인이 가능했다.

3천 명의 적과 싸운 전투치곤 전사자의 수가 적은 편이었다. 물론, 중상자가 많아 곧 늘어나겠지만 어쨌든 대승이었다.

그러나 정충신은 대승이란 느낌이 전혀 들지 않았다.

오늘 그의 중대는 아버지를 잃은 셈이었다.

"중대장님, 생전에 중대장님을 모시던 부관 정충신입니다……."

중대장의 시신 앞에 꿇어앉은 정충신은 절을 올렸다.

한 번, 두 번.

절을 마친 정충신은 그 앞에 무릎을 꿇었다.

"오늘 전투는 무사히 끝났습니다. 전사한 병사와 부상당한 병사가 있긴 하지만 어쨌든 첫 전투를 무사히 치른 셈입니다."

잠시 말이 없던 정충신은 손을 시신이 든 가방 위에 올렸다.

"부하들은 제가 책임지고 최대한 살려 돌아가도록 하겠습니다. 그리고 고향에 있는 중대장님의 가족들 역시 제가 보살피도록 하겠습니다. 그러니 걱정 말고 편히 눈감으십시오."

일어난 정충신은 절도 있게 군례를 올렸다.

임시 막사를 나온 정충신은 철모를 밑으로 내려 눈을 가렸다.

헌병에게 눈물을 보이고 싶지 않았다.

잠시 마음을 추스른 정충신은 하늘을 보았다.

달빛이 점점 약해지며 전보다 더 어두워져있었다.

그저 쏟아질 거처럼 가득한 별만이 어둠을 밝혀줄 뿐이었다.

고개를 돌린 정충신이 헌병에게 물었다.

"시신은 언제 처리하나?"

"해가 뜨면 바로 소각한다고 들었습니다."

헌병의 대답을 들은 정충신은 부하들이 있는 곳으로 걸어갔다.

1대대가 북서쪽 산을 점령해 모리군과의 전투가 끝나는 양상으로 보였지만 사실은 아니었다. 오히려 전투는 지금부터 시작이었다. 김완이 3대대를 내보내 산 정상에 틀어박혀 있던 적의 시선을 끈 다음, 1대대를 우회시켜 북서쪽 산에 있던 모리군 후방을 기습한 것은 모두 지금을 위해서였다.

앞서 말했다시피 모리 타다마사는 김완의 1연대를 발견하기 무섭게 바로 1대대를 기습 공격했다. 의중을 떠본 것이다.

김완이 1대대를 공격한 수백 명의 적에게 유인당해 추격을 명했다면 1연대 진형은 동서로 길게 늘어질 수밖에 없었다.

그리고 그렇게 될 경우, 모리 타다마사는 매복해두었던 수천의 병력으로 취약해진 1연대의 양 측면을 기습했을 것이다.

그러나 김완은 감이 뛰어난 장수였다.

수색정찰로 확인하지 못했던 적의 존재를 누구보다 빠르게 감지했다. 그리고 그 덕분에 적의 유인작전에 속지 않았다.

작전에 실패한 모리 타다마사는 바로 후퇴했다. 그리고 북쪽과 북서쪽 산에 병력을 반씩 나눠 진채를 세우기 시작했다.

현명한 결정이었다.

모리 타다마사는 전투를 치른 경험이 많아 시간을 끌면, 끌수록 그에게 유리하다는 것을 안 것이다. 시간을 끌면 주변 지역에 있는 영주들이 지원군을 보낼 시간을 벌 수 있었다.

또, 슨푸성에 있는 도쿠가와 이야에스가 출병할 시간을 벌 수 있었다. 모리 타다마사는 지키는 작전으로 노선을 바꿨다.

모리 타다마사의 병력 배치는 완벽했다.

북쪽산과 북서쪽산에 병력을 나눠 어느 한 곳이 공격을 당했을 경우, 다른 쪽에서 지원 가는 형식으로 병력을 운용했다.

둘 중 한쪽 산에 병력을 몰아넣을 경우에는 지킬 수 있는 범위가 자연히 줄어들 수밖에 없었다. 더욱이 북쪽산과 북서쪽산 사이에 난 길은 갓산토다성으로 가는 가장 큰 길이었다.

모리 타다마사는 그 길 양 옆에 병력을 배치한 것이
다.

김완은 무리한 공성, 실제로 산 위에 성채가 있는 것은
아니지만 어쨌든 무리한 공성을 시도했다간 큰 피해를 입
으리라 짐작했다. 이런 적을 상대하는 법은 크게 두 가지
였다.

하나는 화공이었다.

습기가 많긴 하지만 어쨌든 지금은 초여름이었다.

한 번 불이 붙기 시작하면 산 하나 태우는 것은 금방이
었다.

그리고 다른 하나는 포위한 다음, 말려 죽이는 작전이었
다. 충분한 군량과 식수원으로 삼을 수원을 확보하지 못했
다면 굶어 죽이는 방법이야말로 이런 상황의 왕도라 할 수
있었다.

그러나 김완은 그 두 방법을 사용할 수 없었다.

화공은 오히려 그들이 가야하는 길을 막을 확률이 높았
다. 적이 갓산토다성으로 가는 길을 막은 상황에서 섣불리
화공을 썼다가는 오히려 자신들의 앞길을 막을 수 있는 것
이다.

그리고 말려 죽이는, 즉 고사시키는 작전 역시 쓰기 어
려웠다.

아무리 급하게 달려왔어도 최소한 열흘 치 식량은 가져

왔을 테니 보름은 포위해야한다는 말인데 말도 안 되는 말이었다.

그렇다면 김완이 택할 수 있는 방법은 하나였다.

적이 먼저 움직이게 하는 것이다.

그래서 김완은 3대대를 보내 적의 시선을 다른 쪽으로 끌었다.

그리고 그 틈에 1대대를 북서쪽 산 뒤에 보내 기습을 감행했다. 다행히 기습이 훌륭히 먹혀 1대대가 진채를 점령했다.

김완은 수색중대를 내보내 적의 움직임을 살폈다.

잠시 후, 수색중대장이 전령을 보내왔다.

"북쪽산에 주둔한 적이 북서쪽산으로 움직이기 시작했습니다."

"좋아, 계획대로다!"

고개를 끄덕인 김완은 2대대를 움직였다.

김완이 계획한대로 북서쪽 산에서 올라온 화광을 보고, 폭음을 들은 북쪽산의 적들이 북서쪽산으로 움직이기 시작했다.

1대대처럼 옆으로 크게 우회해 북쪽 산 뒤에 매복해있던 2대대는 바로 산을 기어 올라가 병력이 빈 북쪽산 진채를 급습했다. 급습은 대성공이었다. 거의 힘들이지 않고 진채를 점령했다. 화약무기를 사용할 수 없어 고전할 거라는 예상도 있었지만 진채에 남은 적이 방심한 탓에 쉽게 성공했다.

작전에 성공한 2대대장은 부하들에게 왜군 옷을 입으라 지시했다. 결정타를 먹이기 위해서는 위장작전이 더 필요했다.

한편, 북서쪽 산으로 향한 모리 타다마사의 지원 병력은 가까이 접근했다가 1대대 경계병의 무차별 사격에 크게 당황했다.

병력 반을 투입한 북서쪽 진채가 이미 조선군에 넘어간 것이다.

하는 수 없이 자신들의 진채가 있는 북쪽산으로 다시 돌아갔다. 북쪽산에 있는 진채에서 어떤 소리도 들리지 않았던 지라, 자신들의 진채가 이미 2대대에 넘어가있을 줄은 꿈에도 몰랐다. 그 결과, 안심한 상태로 진채에 있던 2대대에게 너무 가까이 접근했다가 끔찍한 피해를 입고 말았다.

모리 타다마사가 데려온 6천 병력은 간밤의 전투로 엄청난 피해를 입고 그들의 영지가 있는 미마사카로 급히 퇴각했다.

다음 날 아침, 북쪽산과 북서쪽산 근방은 모리군의 시신으로 가득했다. 간밤의 전투서 한쪽이 대패해 일어난 현상이었다.

앞을 막은 모리군을 하룻밤의 전투로 패퇴시킨 김완은 다시 속도를 높였다. 해병대가 불평을 쏟아내기 전에 도착해야했다. 다행히 모리군을 패퇴시킨 후에는 그들을 방해하는 적이 없었다. 이즈모는 그야말로 무주공산이나 다름없었다.

한편, 갓산토다성에 포위당한 해병대는 3백 명의 병력으로 3천 명이 넘는 나카무라군과 치열한 농성전을 펼치고 있었다.

해병대의 편제는 원래 천 명으로 이루어져있었다.

그러나 반이 넘는 병력을 동원해 마쓰에항과 갓산토다성으로 오는 길을 사수하느라, 정작 성에는 3백 명이 전부였다.

커다란 성을 지키기에 3백 명은 다소 적은 숫자였지만 곧 1사단 1연대가 도착할 것이기에 그리 큰 걱정을 하지 않았다.

한데 병력이 비는 틈을 적이 예리하게 찔러왔다.

적이 알고 찔러왔는지, 아니면 어쩌다보니 그렇게 된 것인지는 모르지만 어쨌든 적은 해병대가 취약한 틈을 찔러왔다.

방덕룡은 적이 공격할 가능성이 가장 높은 남문 주위 성벽에 병력을 전부 배치했다. 서문이나, 동문, 아니면 지형이 험한 북쪽을 넘어 들어올 수도 있겠지만 어차피 그들의 임무는 성을 온전히 지켜내는 게 아니라, 시간을 버는 거였다.

다행히 적은 남문을 집요하게 노렸다.

성을 포위한 적의 정체를 파악하기 위해 왜군 사정에 능통한 장교를 불러 물어보았더니 호키의 나카무라군이라 하였다.

방덕룡은 지급받은 지도를 꺼내 바닥에 펼쳤다.

"호키면 이곳 동쪽에 있는 지역인가?"

장교가 대답했다.

"예, 맞습니다."

"호키 영주는 누구인가?"

"나카무라 카즈타다란 놈일 겁니다."

장교의 대답에 방덕룡이 거칠게 자란 수염을 매만지며 물었다.

"어떤 자인가? 그 나카무라 카즈타다란 놈 말이야."

"아버지의 후광을 업은 자입니다."

방덕룡이 고개를 들었다.

"어린가?"

"예, 아직 열여섯입니다."

"흐음."

방덕룡이 적의 정체를 파악하고 있을 때였다.

성벽 방어를 맡은 장교가 들어왔다.

"적이 공성을 시작했습니다."

"알았다."

대답한 방덕룡은 거처를 나와 소가마에 남문 성루를 찾았다.

장교의 말대로 적이 사다리를 가져와 공성을 시작한 상태였다.

방덕룡이 좌우에 있는 부하들에게 소리쳤다.

"버텨라! 곧 지원군이 온다!"

"예!"

대답한 부하들은 적이 걸어놓은 사다리 쪽에 죽폭을 던졌다.

펑펑펑!

죽폭이 터지며 사다리를 올라오던 적이 비명을 질렀다.

전황을 지켜보던 부관이 고개를 돌려 방덕룡에게 질문했다.

"지원군은 언제 오는 겁니까?"

"나도 모른다."

"예?"

"언젠가 오긴 오겠지."

대답한 방덕룡은 옆구리에 낀 창을 들고 옆으로 달려갔다. 3백 명의 병력이 지키기에 갓산토다성 남벽은 너무 넓었다.

곧 성벽 뚫리며 적이 성루 쪽으로 접근해왔다.

방덕룡은 성루를 지키기 위해 몸소 창을 들고 나섰다.

"어딜!"

창대를 휘둘러 자신을 베어오는 왜도를 가볍게 막은 방덕룡은 창대 손잡이 쪽을 세워 왜도를 든 적의 얼굴에 찍었다.

콰직!

뼈가 부서지는 소리가 들리더니 코와 광대뼈가 함몰된 적이 피를 뿌리며 넘어갔다. 쓰러진 적의 가슴을 밟은 방덕룡은 창끝으로 목을 찔러 발버둥치는 적을 조용하게 만들었다.

그때였다.

성벽을 기어 올라온 적이 단창으로 방덕룡의 옆구리를 찔렀다.

방덕룡은 돌아서며 상체를 낮췄다.

단창이 방덕룡을 지나 아무도 없는 허공을 가격했다.

방덕룡은 주인에게 돌아가려는 단창을 옆구리에 끼웠다. 그리곤 적이 쥔 단창을 빼앗았다. 방덕룡의 힘을 당해낼 리 없는 적은 단창을 뺏김과 동시에 허리에 손을 가져갔다.

적은 이럴 경우에 대비해 작은 왜도를 허리에 차고 있었다.

그러나 그걸 보고 있을 방덕룡이 아니었다.

손아귀로 적의 목덜미를 단단히 틀어쥐더니 힘을 주어 성벽 밖으로 던져버렸다. 마치 바닥에 있는 무를 뽑아 던지는 듯했다. 비명을 지르며 떨어진 적은 바닥에 대자로 뻗었다.

방덕룡이 분전한 덕분에 적의 공세가 잠시 늦춰지긴 했지만 적이 열 배나 많다는 사실이 변하지는 않았다. 잠시 휴식을 취하는지 소강상태를 보이던 적은 오후에 다시 공격했다.

"늦는군."

방덕룡 강 너머 남쪽을 바라보며 고개를 한차례 저었다.

그의 말대로 선발대로 출발한 1연대는 도착할 기미가 없었다.

부관이 화가 나 소리쳤다.

"혹시 육군이 우리를 고생시키려고 늦장피우는 게 아닐까요?"

그 말에 방덕룡은 엄한 얼굴로 꾸짖었다.

"멍청한 소리 그만해라. 육군이 굼뜬 건 맞지만 이렇게까지 굼뜨진 않을 것이다. 우리가 모르는 사정이 생긴 모양이지."

말은 그렇게 했지만 방덕룡 역시 불안하기는 매한가지였다.

갓산토다성 안에 병력이 적다는 사실을 안 나카무라군은 오후 공성에 전 병력을 투입했다. 3천 명의 병력이 일제히 몰아치니 당하는 입장에선 폭풍이 몰아쳐오는 느낌을 받았다.

지휘소로 사용하는 성루에 급보가 날아드는 경우가 잦아졌다.

"우측이 뚫렸습니다!"

"3중대를 보내 지원해라!"

"좌측 성첩에 적 다수가 올라왔습니다!"

"어떻게든 막아! 돌파당하면 차후에 징계하겠다!"

방덕룡의 엄포에 놀란 장교들은 성첩에 올라온 적에 맞서 치열한 전투를 전개했다. 처음에는 용아와 조총 간의 전투였지만 적이 희생을 감수한 채 성벽에 뛰어든 후에는 백병전으로 전투양상이 바뀌었다. 비명과 고함이 함께 들려왔다.

방덕룡은 사기를 높이기 위해 다시 한 번 직접 전투에 나섰다.

적의 피가 말라붙은 창을 휘두르며 무용을 뽐냈다.

사실, 무용이라기보다는 완력으로 제압한다는 게 더 맞았다.

"뒤에 적이 있습니다!"

부하의 외침에 고개를 돌린 방덕룡은 새파란 날이 번쩍

이며 날아오는 모습을 보았다. 오후의 따가운 햇살이 거울처럼 빛나는 왜도의 날에 반사되었다가 방덕룡의 눈을 찔렀다.

"빌어먹을!"

방덕룡이 눈을 깜박이는 사이.

푹!

적의 왜도가 가슴 정중앙을 찔렀다.

고개를 내린 방덕룡은 상처를 확인했다.

적이 찌른 왜도의 끝이 방탄조끼 심장 쪽에 박혀있었다.

다행히 적의 힘이 약해 방탄조끼를 다 뚫지 못한 상태였다.

"이 개자식이!"

욕을 뱉은 방덕룡은 양손에 쥔 창을 앞으로 힘껏 찔러갔다.

푸욱!

창 날이 왜도를 든 적의 하복부에 박혔다.

"으아악!"

기합성을 지른 방덕룡은 창을 쥔 손에 힘을 더 주었다.

갑옷 위에 박혀 멈칫하던 창날이 쑥 들어갔다.

얼마나 깊이 박혔는지 창대에 달린 날이 거의 보이지 않았다.

방덕룡은 그 상태로 그대로 창대를 들어올렸다.

창날에 박힌 적이 붕 떠올랐다.

"떨어져라!"

소리친 방덕룡은 창날에 박힌 적을 성벽 밖으로 던져버렸다.

창이 가벼워지는 순간, 고개를 돌린 방덕룡이 핏발이 잔뜩 선 눈으로 적을 향해 달려갔다. 창을 휘두르니 그 앞을 막아섰던 적 두 명이 나가떨어졌다. 방덕룡은 멈추지 않았다. 다시 앞으로 달려 나가 공격해오는 적에게 창을 찔러갔다.

적은 왜도나, 장창으로 방덕룡의 장창을 막아보려 했으나 방덕룡의 완력을 감당하기 어려웠다. 아무리 기술이 좋아도 힘으로 밀어붙이면 그 기술을 제대로 발휘하기 어려웠다. 더욱이 갓산토다성의 성벽처럼 폭이 좁은 곳이면 더했다.

"헉헉."

적 10여 명을 해치운 방덕룡은 거친 숨을 몰아쉬었다. 죽을 위기를 넘긴 후에 너무 흥분한 나머지 체력분배에 실패했다.

방덕룡은 고개를 뒤로 돌렸다.

부하들이 성벽을 올라오는 적을 막아내느라 정신이 없었다.

부하 한 명이 왜도에 팔이 잘리는 모습이 눈에 들어왔다. 그 부하는 피를 흘려가면서도 어떻게든 적을 막으려하였다.

곧 과다출혈로 생사의 기로에 설 텐데도 물러서는 법이 없었다.

방덕룡은 입술을 깨물었다.

목구멍에서 넘어온 역한 단내가 코를 찔렀다.

지쳤다는 의미였다.

그러나 자존심이 그의 지친 육체를 서서히 통제하기 시작했다.

그의 하늘 높은 줄 모르는 자존심이 새 활력을 불어넣었다.

"내가 가마!"

소리친 방덕룡은 창을 비켜든 채 고전하는 부하에게 달려갔다.

팔이 잘린 부하를 죽이려던 적이 돌아서서 방덕룡에게 왜도를 휘둘렀다. 속도가 아주 빨랐다. 아시가루는 아니었다. 아시가루가 휘두른 왜도라면 이렇게 빠를 리 없었다. 아무래도 검도를 제대로 수련한 적 사무라이 중 하나로 보였다.

방덕룡은 옆으로 움직이며 창을 휘둘렀다.

캉!

왜도와 쇠로 만든 창대가 부딪치며 불똥이 튀었다.

방덕룡은 손아귀가 저릿한 느낌을 받고 눈을 크게 떴다.

상대는 속도 뿐 아니라, 힘 역시 뛰어났다.

자세를 다시 잡은 방덕룡은 빗나간 창을 급히 회수했다.

한데 왜도를 회수할 줄 알았던 적이 그를 향해 뛰어들었다.

방덕룡은 회수하던 창을 그대로 올려갔다.

카앙!

왜도와 창이 다시 한 번 부딪치며 막힌 창대가 부르르 떨렸다.

방덕룡은 창대에 힘을 주어 적을 밀어내려하였다.

그래야 그에게 더 유리한 간격으로 다시 돌아갈 수 있었다.

왜도보다는 그가 쥔 창의 사거리가 길었다.

그렇다면 왜도와 맞상대하기보단 거리를 벌리는 게 유리했다.

지금은 힘으로 상대를 요리할 때가 아니었다.

뛰어난 무인을 상대하듯 전력을 다해 상대해야할 적이었다.

역시 힘에서는 방덕룡이 한 수위였다.

적의 상체가 뒤로 젖혀지는 게 보였다.

방덕룡이 왜도와 붙어있는 창을 떼려는 순간.

적이 갑자기 왜도의 날을 옆으로 눕혀 창대를 긁기 시작했다.

"엇!"

방덕룡의 입에서 처음으로 놀란 음성이 터져 나왔다.

창대를 긁으며 내려오던 왜도의 칼날의 손가락을 베어왔다.

방덕룡은 본능적으로 창대를 놓았다.

그러나 한 발 늦었는지 검지손가락 끝이 반이나 잘려나갔다.

화끈거리는 통증이 머리칼을 쭈뼛 세웠다.

그때, 무기를 버린 방덕룡을 향해 적이 섬전처럼 접근해왔다.

그리곤 피가 묻은 왜도로 그의 얼굴을 베어왔다.

그가 평범한 병사였다면 당황해 그대로 얼굴을 베였을 것이다.

무기가 없는 상태에서 적의 섬전과 같은 공격, 더구나 얼굴을 향해 날아드는 날카로운 칼날을 본다면 얼어붙을 것이다.

그러나 방덕룡은 천부적인 전투감각을 가진 사람이었다.

방덕룡은 본능적으로 고개를 돌려 적의 급습을 막아내었다.

촤악!

그러나 상대는 정말 강했다.

체력이 떨어진 방덕룡의 움직임보다 적의 왜도가 더 빨랐다.

얼굴이 화끈거리며 한쪽 눈이 시뻘겋게 물들었다.

6장. 호기

6장. 호기

탕!

귀 옆에서 들려온 총성에 고막이 찢어진 거처럼 위잉 울렸다.

이명(耳鳴)이었다.

방덕룡은 남은 한쪽 눈으로 적을 노려보았다.

그에게 치명상을 입히기 위해 달려들던 적이 잠시 멈칫했다.

도깨비를 그린 적의 가슴 갑옷에서 피가 점점이 배어나왔다.

가슴에 탄환을 맞은 것이다.

탕!

두 번째 총성이 귀를 다시 찔렀다.

그 순간, 멈칫한 적이 수중의 왜도를 천천히 들어올렸다.

어깨에 탄환을 맞았는지 옷 밑으로 피가 주르륵 흘러내렸다. 보통사람이라면 칼을 들어 올리는 일조차 무리일 것이다.

적이 양손에 쥔 왜도를 머리 위로 들어올렸다.

늑대모양을 한 투구 밑으로 적의 핏발선 눈동자가 번쩍였다.

방덕룡은 상대가 지닌 살기에 몸을 흠칫 떨었다.

적의 살기에 두려움을 느낀 건 정말 오래간만이었다.

그때였다.

철컥하는 장전소리와 함께 세 번째 총성이 울렸다.

탕!

세 번째 총성이 들린 직후.

왜도를 머리 위로 들어 올린 적이 거짓말처럼 무너져 내렸다.

방덕룡을 거의 사지에 몰아넣었던 적은 뒤에서 날아온 용아의 탄환 세 발에 가슴과 어깨, 배를 연달아 맞아 쓰러졌다.

아무리 강한 정신력의 소유자라고 해도 탄환 세 발을 급소에 맞고 버틸 재간은 없었다. 방덕룡은 살았다는 생각에 긴장이 풀렸다. 그리고 그와 동시에 몸이 가라앉기 시작했다.

누군가가 몸을 부축하는 느낌이 들었다.

그리고 누군가가 그에게 뭐라 소리치는 느낌이 들었다.

그러나 대답하지 못했다.

의식이 끊긴 것이다.

***

얼마의 시간이 흘렀는지 알 수 없었지만 꽤 시간이 지난 것은 분명해 보였다. 방덕룡은 누군가 몸을 흔드는 느낌을 받았다. 그리고 그와 동시에 날카로운 칼날로 얼굴 살을 저미는 통증을 느꼈다. 방덕룡은 급히 얼굴 쪽에 손을 가져갔다. 익숙한 살 대신에, 거칠게 감은 붕대가 만져졌다.

"크으."

억지로 눈을 뜬 방덕룡은 극심한 고통에 신음을 뱉었다.

더 큰 문제는 한쪽 눈이 여전히 어둡다는 점이었다.

힘겹게 고개를 돌린 방덕룡의 눈에 의원의 얼굴이 들어왔다.

"깨어나셨군요."

의원의 말에 방덕룡은 다급한 어조로 물었다.

"어떻게 된 건가?"

"어젯밤 전투에서 크게 다치셨습니다. 기억이 나지 않으십니까?"

그 말에 상체를 급히 세운 방덕룡이 숨을 헐떡이며 물었다.

"전투는 어찌 되었어?"

"부하들이 잘 막아냈습니다."

"아직도 전투 중인가?"

방덕룡의 질문을 받은 의원이 고개를 가로저었다.

"날이 어두워진 후에 적이 먼저 물러가는 바람에 끝났습니다."

"다행이군."

방덕룡은 안도의 숨을 내쉬며 다시 침상에 아픈 몸을 묻었다.

사실, 지금 방덕룡은 손가락 하나 까딱하기 어려운 상태였다. 그저 초인적인 힘으로 정신을 놓지 않고 있을 따름이었다.

방덕룡이 전투결과 다음으로 궁금하게 생각한 건 몸 상태였다.

"내가 얼마나 다친 건가?"

"운이 좋으셨습니다. 칼에 베이면 쇠 독 때문에 열이 펄펄 끓다가 죽는 사람이 부지기순데 다행히 고비를 넘기셨습니다."

방덕룡은 얼굴을 가린 붕대를 매만지며 물었다.

"한쪽 눈이 안 보이는데 내가 실명한 건가?"

"칼이 눈꺼풀을 자르긴 했지만 눈에는 상처를 입지 않으셨습니다. 천만다행이지요. 전생에 선행을 많이 하신 모양입니다."

그 말에 방덕룡은 족히 안심했다.

무인에게 한쪽 눈이 없는 것은 팔을 잃은 것과 다르지 않았다.

한쪽 눈을 잃으면 한쪽 시야를 잃어버리는 것이다.

그리고 시야를 잃어버리면 그쪽은 무방비상태나 다름없었다.

그와 같은 무인에겐 끔찍한 결과였다.

"상처를 보고 싶군."

"아직 붓기가 다 빠지지 않았습니다."

"괜찮으니 동경을 가져다주게."

방덕룡의 고집에 의원도 할 수 없다는 듯 동경을 가져왔다.

"붕대를 벗겨주게."

"예."

대답한 의원은 방덕룡의 얼굴에 감긴 붕대를 조심스레 풀었다.

붕대가 다 풀리는 순간, 방덕룡은 이를 부드득 갈았다.

이마 위에서 시작된 검상이 눈꺼풀 옆을 거의 찢어놓은 상태였다. 그리고 관자놀이 밑에서 다시 왼쪽 귀를 반이나 잘랐다.

의원 말대로 방덕룡은 운이 좋은 편이었다.

칼에 찔리면 몇 가지 이유로 목숨이 위험한데 당연히 첫 번째 이유는 중요한 장기가 찢어지거나, 끊어지기 때문이었다. 장기가 제 역할을 하지 못하면 인체는 버티지 못한다.

그리고 두 번째는 과다출혈이었다. 대동맥이 잘리지 않더라도 내부, 혹은 외부에 출혈이 생기면 지혈이 쉽지 않았다.

세 번째 이유는 세균감염이었다.

첫 번째와 두 번째 이유에 해당하지 않더라도 세 번째 이유에 해당되면 그 사람은 살아남기 어려웠다. 세균감염을 방지하는 약품이 없는 지금 시대엔 사형선고와 다름없었다.

그러나 그 사형선고를 버텨내는 자들이 가끔 나왔다.

엄청나게 운이 좋은 경우였다.

방덕룡은 그 엄청나게 운이 좋은 경우 중 하나였다.

그때, 의원실로 사용하던 처소의 문이 거칠게 열리며 한 사람이 들어왔다. 30대 초반으로 보이는 장교였는데 날렵한 몸에 날카로운 눈빛을 가지고 있어 쉽게 알아볼 수 있었다.

방덕룡의 얼굴을 본 장교가 다가와 물었다.

"상처가 심하십니까?"

"왜?"

"적이 공성을 또 시작했습니다."

"젠장."

욕을 뱉은 방덕룡이 신음소리를 내며 침상 위에 걸터앉았다.

그리곤 옆에 있는 의원에게 말했다.

"붕대를 다시 감아주게."

"설, 설마 다시 싸우시려는 겁니까?"

"전장에서 죽는 것이야말로 모든 무인이 꿈꾸는 일이지."

"하지만……."

"하지만이고 저지만이고 간에 어서 붕대나 감아!"

방덕룡의 고함에 의원은 고개를 젓더니 다시 붕대를 감았다.

붕대 끈을 조여 흘러내리지 않게 한 방덕룡은 옆에 기대 놓은 창을 들고 밖으로 나왔다. 문을 나갈 때 잠시 비틀거리는 바람에 옆에 있던 장교의 부축을 받아야했지만 어쨌든 초인적인 인내심 덕분에 전장에 다시 합류하는데 성공했다.

방덕룡이 장교의 얼굴을 힐끗 보았다.

"5중대장이었나?"

"예, 5중대장 김응하(金應河)입니다."

김응하의 대답을 들은 방덕룡은 어젯밤 의식을 잃기 직전, 그를 깨우던 목소리가 떠올랐다. 그 목소리와 비슷했던 것이다.

"혹시 어젯밤 나를 구한 게 자네인가?"

"예……"

"음, 그럼 자네 덕분에 목숨을 건진 셈이군."

김응하의 부축을 받으며 성루에 도착한 방덕룡은 성채를 둘러보았다. 붕대가 왼쪽 눈을 가려 제대로 보이지 않았다.

적은 그 사이 사다리차와 귀갑차를 만들었는지 본격적인 공성을 해오고 있었다. 나카무라 카즈타다가 직접 지휘하는 건지, 아니면 그 밑에 있는 가신이 지휘하는 건지 알 수는 없었지만 어쨌든 제대로 구색을 갖춰 공성하는 중이었다.

지금은 전투 초반이었다.

탕탕탕!

조총부대가 거리를 좁히며 다가와 성첩에 무차별 사격을 가했다. 딱히, 해병대를 죽이기 위해 하는 사격은 아니었다.

이는 사다리차와 귀갑차가 성벽에 붙을 수 있는 시간을 벌기 위해서였다. 적 역시 이틀간의 공성으로 꽤 많은 피해를 입었다. 처음엔 3천이었지만 그 사이 몇 백이 죽어나갔다.

물론, 해병대 또한 피해가 적지 않았다.

3백이던 병력이 지금은 2백으로 줄어있었다.

그리고 그 2백 중 반이 몸 어딘가에 붕대를 감은 상태였다.

교전비율로 따지면 압도적이었지만 여전히 해병대가 불리했다.

김응하가 착잡한 얼굴로 말했다.

"오늘 지원군이 오지 못하면 성이 넘어갈 겁니다."

"넘어가면 넘어가는 거지."

"예?"

"우리는 끝까지 싸운다. 전멸할 때까지 싸우는 게 해병대다."

"알겠습니다."

대답한 김응하는 부하들을 독려하러 성첩으로 내려갔다.

성루 위에 남은 방덕룡은 창을 쥔 손이 떨리는 것을 느꼈다.

두려워서 떨리는 것은 아니었다.

전투가 바로 일어나는 바람에 회복할 여유가 없었다.

"오늘 하루만 버텨다오."

중얼거린 방덕룡은 창을 쥐고 성첩으로 내려갔다.

얼굴에 감은 붕대가 시야를 방해했지만 그는 물러서지 않았다.

"적이 온다!"

고함을 지른 방덕룡은 성첩에 다가오는 사다리차를 응시했다.

잠시 후, 사다리차 위에 달린 밧줄이 잘려나갔다.

그리고 그 위에 달린 사다리가 획 한 바퀴 돌아 성첩 위에 박혔다. 돌가루와 먼지가 사방으로 날리며 숨이 막혀왔다.

"쏴라!"

방덕룡의 외침에 대기하던 해병대원들이 용아를 쏘았다.

함성을 지르며 사다리를 건너던 적 20여 명이 쓰러졌다.

적은 사다리 가운델 막은 동료의 시신을 발로 차거나, 손으로 밀어 떨어트렸다. 전쟁의 참혹함을 보여주는 단면이었다.

"와아아!"

동료들의 시신을 떨어트린 적들이 함성을 지르며 사다

리를 건너왔다. 해병대는 재장전한 용아로 다시 적을 겨눠 쏘았다.

탕탕탕!

용아의 총성이 울릴 때마다 사다리를 건너오던 적이 비명을 지르며 나가떨어졌다. 함성의 여운이 채 끝나기도 전이었다.

그러나 이번엔 달랐다.

이번엔 건너오는 적을 막는데 실패한 것이다.

두꺼운 방패로 요처를 가린 적이 사다리 끝에서 뛰어내렸다.

뛰어내린 적이 두꺼운 방패를 치우는 순간, 그 안에서 날 선 단창이 튀어나왔다. 사다리 바로 앞에 있던 해병대원 하나가 착검한 용아로 단창을 찔러오는 적을 마주 찔러갔다.

누가 먼저 상대의 몸에 구멍을 뚫느냐의 싸움이었다.

푹!

창날이 사람의 몸에 파고드는 소리가 울렸다.

그리곤 용아를 든 해병대원이 피를 토해내며 쓰러졌다.

적이 한 수 빨랐던 것이다.

방덕룡은 이를 부드득 갈았다.

"주력이 등장했군."

방덕룡의 말처럼 오늘 공성을 시도한 적들은 아시가루보다 실력이 뛰어났다. 그리고 그 말은 적이 주력을 동원하기 시작했다는 말이었는데 해병대로선 엎친 데 덮친 격이었다.

사다리차를 이용해 성첩에 들어온 적들이 맹공을 퍼붓기 시작했다. 용폭, 용염, 죽폭, 연폭 등 가진 화약무기를 거의 다 사용한 해병대는 얼마 남지 않은 탄환으로 용아를 쏘았다.

조총과는 비교하기 힘들 정도의 연사속도를 지닌 용아 덕분에 적의 1차 공성은 막아냈다. 그러나 이어진 두 번째 공성이 문제였다. 이제는 용아의 탄환마저 거의 떨어진 상태였다.

"우린 해병대다! 우리에게 죽음은 있을지언정, 패배는 없다!"

소리친 방덕룡은 창을 들고 다시 한 번 전장에 뛰어들었다.

몸을 움직일 때마다 얼굴에 입은 상처가 욱신거렸다. 그리고 얼굴만 욱신거리는 게 아니었다. 얼굴에서 시작된 통증이 팔과 다리마저 저릿하게 만들었다. 그러나 방덕룡은 약한 모습을 보이지 않았다. 그의 자존심이 허락하지 않는 것이다.

부웅!

창대를 휘둘러 사다리를 건너오는 적을 가격했다.

퍽!

뒤통수에 창대를 맞은 적이 비틀거리다가 사다리 너머로 쓰러졌다. 방덕룡은 창대를 바로 회수했다. 그리고 섬전처럼 찔러갔다. 적 하나가 방패를 들어 올려 그의 창을 막아왔다.

"멍청한 놈!"

이죽거린 방덕룡은 방패 중앙에 창극을 찍었다.

펑!

방덕룡의 힘을 이기지 못한 방패가 위로 날아가며 적의 호구가 밖으로 드러났다. 창대를 회수한 방덕룡은 다시 앞으로 찔러갔다. 적은 왜도로 막으려했지만 이는 어불성설이었다.

푹!

가슴에 창극이 박힌 적이 피거품을 쏟으며 주저앉았다.

"으아아!"

괴성을 지른 방덕룡은 20킬로그램이 넘는 창대를 미친듯이 휘둘렀다. 20킬로그램짜리 무기를 사용하는 것은 누구나 가능했다. 그러나 그 무기를 장시간 사용하는 것은 누구에게나 가능하지 않았다. 무게 때문에 체력 소모가 큰 것이다.

20킬로그램이나 나가는 무기를 왜 사용하느냐 묻는다면 무게가 가지는 충격량에 있다고 대답할 수 있었다. 웬만한 방패로도 20킬로그램이 넘는 창과 그 창에 실린 방덕룡의 어마어마한 힘을 막아내기 어려웠다. 방덕룡은 몸에 남아있는 모든 힘을 쥐어짜내 적을 쓰러트려갔다. 찌르고, 막고, 휘두르고, 때렸다. 창이 한 번 움직일 때마다 피가 튀었다.

격한 움직임은 결국 사고를 불러왔다.

얼굴에 감은 붕대가 풀리며 왼쪽 이마에서 시작해 눈꺼풀을 자른, 그리고 귀 한 쪽이 잘려나간 상처가 똑똑히 드러났다.

엄청나게 많은 땀이 흐르며 상처에 발라두었던 창상약(創傷藥)이 검은색 물로 변해 흘러내기 시작했다. 그리고 간신히 아물었던 상처가 다시 벌어지며 피가 같이 흘러내렸다.

끔찍한 모습이었다.

전투가 주는 흥분감에 방덕룡 자신은 자신의 상태를 알지 못했다. 그러나 그를 상대하는 적들은 아니었다. 악귀나찰(餓鬼羅利)과 같은 형상으로 달려드는 그에게 두려움을 느꼈다.

"으아악!"

괴성을 지른 방덕룡이 창대를 적의 머리에 내리쳤다.

창대가 휘어질 만큼 강한 일격이었다.

사슴뿔 모양의 투구를 쓴 사무라이의 눈이 하얗게 뒤집혔다.

그리곤 정신을 잃었는지 양 손에 쥔 왜도 두 개를 떨어트렸다.

방덕룡은 성벽에 기대 쓰러진 사무라이를 팔로 들어올렸다.

사람을 드는 것은 쉬웠다.

등으로 업거나, 팔 안쪽의 당기는 힘을 이용해 들어 올릴 수 있었다. 그러나 팔이 가진 악력과 팔뚝의 근력만으로 의식이 없는 사람을 들어 올리는 일은 그렇게 쉽지 않았다.

상대방이 아주 가볍거나, 아니면 반대로 들어 올리는 사람의 힘이 엄청나야했는데 사무라이는 그렇게 가볍지가 않았다.

그렇다면 방덕룡의 힘이 어마어마하다는 뜻이었다.

사무라이를 잡아 머리 위로 번쩍 들어 올린 방덕룡이 성첩 위에 올라가 사다리를 기어 올라오는 적들에게 던져버렸다.

사다리에 다닥다닥 붙어있던 적들이 잘 익은 벼를 탈곡하는 거처럼 방덕룡이 던진 적과 부딪쳐 바닥에 떨어져버렸다.

"우리를 전부 죽이기 전에는 절대 성을 빼앗지 못할 것이다!"

소리친 방덕룡은 성첩 밑으로 내려왔다.

성첩 위에 오래 서있어 보았자 조총 세례만 맞을 뿐이었다.

무신과 같은 방덕룡의 신위에 적은 겁을 집어먹었다.

반면, 그 모습을 본 해병대 병사들은 힘을 얻었다.

다친 병사를 치료하던 의원이 급히 달려와 방덕룡을 말렸다.

"이제 더 이상은 위험합니다! 어서 치료를!"

"죽더라도 이곳에서 죽을 것이다!"

의원도 이판사판이라 생각했는지 전혀 물러서지 않았다.

"대장님이 돌아가시면 부하들은 누가 지휘합니까?"

"해병대는 그렇게 약하지 않다! 내가 죽는다고 무너지지 않아!"

소리친 방덕룡은 오히려 의원을 안전한 성벽 밑으로 밀어냈다.

"거기서 다친 병사들이나 치료해라!"

몸을 돌린 방덕룡은 꾸역꾸역 올라오는 적을 향해 다시 달려갔다. 무신과 같은 신위지, 방덕룡이 신이란 소리는 아니었다.

그도 사람인 이상, 빠르게 지쳐갔다.

오히려 기력을 너무 많이 끌어단 쓴 덕분에 더 빨리 지쳐갔다.

"헉헉!"

심장이 터질 거처럼 두근거렸다.

그리고 호흡은 당장이라도 넘어갈 거처럼 가빠졌다.

그러나 방덕룡은 물러서지 않았다.

그는 창을 휘두를 힘만 있으면 상관없었다.

잠시 후, 이쑤시개처럼 가볍던 창이 천근, 만근으로 변했다.

마지막이었다.

눈앞의 사물이 흔들리며 앞이 제대로 보이지 않았다.

"후후, 이젠 정말 끝이군."

방덕룡이 입 꼬리를 비틀며 웃을 때였다.

누군지는 모르겠지만 부하 중 하나가 미친 사람처럼 소리쳤다.

"왔, 왔습니다!"

그 부하는 정확히 뭐가 온 건지 말하지 않았다.

그러나 방덕룡은 직감적으로 알 수 있었다.

기다렸던 아군이 온 것이다.

그제야 안심한 방덕룡은 수중의 창을 바닥에 놓았다.

그리곤 거목이 쓰러지듯 천천히 뒤로 넘어갔다.

긴장이 풀리며 온몸에 쌓인 통증과 피로가 그를 넘어트 렸다.

"대장님!"

부하들이 급히 달려와 쓰러진 방덕룡을 보호했다.

적 역시 해병대의 지원군이 왔다는 소식을 들었는지 점 차 물러서기 시작했다. 덕분에 방덕룡은 다른 상처를 입지 않았다.

5중대장 김응하가 방덕룡에게 달려가며 부하들에게 물 었다.

"대장님의 상태가 어떤가?"

부하들은 모르겠다는 듯 고개를 저었다.

"비켜라. 내가 직접 보겠다."

부하들을 밀쳐낸 김응하가 방덕룡 옆에 무릎을 꿇었다.

방덕룡의 낯빛이 죽은 사람처럼 창백했다.

그리고 이마에 난 상처에서 피가 흐르는지라 더 참혹해 보였다.

"대장님!"

김응하가 방덕룡은 흔들었다.

그러나 방덕룡은 눈을 질끈 감은 채 움직이지 않았다.

김응하는 입술을 깨물며 손가락에 침을 발랐다.

그리곤 방덕룡의 코 밑에 손가락을 가져다대었다.

침을 바른 손가락에 호흡이 감지되었다.

다행히 죽은 것은 아니었다.

그때였다.

이상한 소리를 들은 김응하가 둘러싼 부하들에게 소리쳤다.

"모두 조용히 해라."

그 말에 부하들은 서로의 얼굴을 쳐다보았다.

소리를 낸 사람이 아무도 없었던 것이다.

그때, 방금 전 들은 이상한 소리가 다시 들렸다.

눈을 크게 뜬 김응하가 방덕룡의 코에 귀를 가져갔다.

드르렁!

이번에는 확실히 들었다.

코를 고는 소리였다.

방덕룡은 잠을 자고 있었던 것이다.

"맙소사."

고개를 절래 저은 김응하는 어이없다는 얼굴로 웃었다.

"하여튼 엄청나시다니까. 여긴 위험하니 성벽 밑으로 옮기자."

"예!"

김응하는 깊은 잠에 곯아떨어진 방덕룡을 들것에 실었다. 원래 전사자나, 부상자를 옮기기 위해 만든 들것인데 아무리 깨워도 일어날 생각이 없는 방덕룡을 위해 사용한 것이다. 방덕룡이 워낙 거구인지라, 병사 여섯의 힘이 필요했다.

방덕룡을 옮긴 김응하는 성벽으로 올라와 전장을 둘러보았다.

방덕룡 다음 장교는 김응하였다.

다들 그걸 알고 있는지라, 김응하의 지시를 기다렸다.

전투는 이미 끝난 지 오래였다.

아니, 엄밀히 말하면 성벽의 전투는 끝난 지 오래였다.

성벽 밖에서는 새로운 전투가 막 시작된 참이었는데 근위군 1사단 1연대의 맹공에 나카무라군이 일패도지하는 참이었다.

1연대는 화력을 마음껏 뽐냈다.

용아와 죽폭, 연폭을 사용해 당황하는 나카무라군을 공격했다.

전투는 싱거웠다.

맞붙은지 10여분이 채 지나기 전에 나카무라군이 퇴각했다.

김응하는 그제야 안도의 숨을 내쉬었다.

갓산토다성을 점령해 수성하는 원래의 목표를 이뤄낸 것이다.

갓산토다성 포위를 푼 김완은 성 안으로 들어와 주위를 둘러보았다. 곳곳에 붕대를 감은 해병대원들이 널브러져 있었다.

대원 몇 명은 죽은 전우의 시신 앞에 멍한 얼굴로 앉아

있었다. 이번 전투가 얼마나 치열했는지 알려주는 반증이
었다.

"책임자가 누구인가?"

김완의 말에 부상자를 살피던 김응하가 달려와 군례를
올렸다.

"해병대 5중대장 김응하입니다!"

"으음, 자네가 김응하군. 한데 방장군은 어찌 보이지 않
는가?"

김응하가 소가마에 안쪽에 있는 2층 전각을 가리켰다.

"부상을 입으셔서 현재 치료 중입니다."

"심한가?"

김응하가 어두운 표정으로 대답했다.

"의원이 아니라 잘 모르겠지만 차도가 좋지 않다고 들
었습니다."

"흠."

김완이 적의 피로 목욕한 듯한 김응하의 어깨를 두드려
주었다.

"아무튼 이번에는 해병대가 고생이 많았네."

"아닙니다!"

"오늘은 1연대가 경계를 서줄 테니 해병대는 쉬도록 하
게나."

"감사합니다!"

대담한 김응하가 절도 있게 군례를 올렸다.

"바쁠 텐데 이만 가보게. 내가 알아서 찾아가지."

"예!"

김응하가 부상병에게 가는 모습을 본 김완은 앞쪽에 있는 2층 건물로 들어가 방덕룡이 있는 곳을 찾았다. 1층 안쪽에 있어 찾는데 애를 먹었지만 굳이 사람을 부를 필요는 없었다. 병실 앞에 해병대원 두 명이 경계를 서고 있었던 것이다.

"근위군 1사단 1연대장 김완이다."

김완의 말에 경계 서던 해병대원 두 명 중 한 명이 말했다.

"인식표(認識票)를 보여주십시오."

김완은 잠시 어이없다는 생각을 했지만 그게 절차인 것은 사실이었다. 이름만으로 출입할 수 있다면 보안에 구멍이 뚫릴 것이다. 김완은 목에 걸고 다니는 인식표를 보여주었다.

인식표는 말 그대로 장병의 신분을 알려주는 표식이었다. 김완의 인식표에는 근위군 1사단 1연대장이라는 지위와 함께 그의 이름, 현재 계급, 군번, 주소 등이 모두 적혀 있었다.

인식표가 진짜인지 살펴보던 병사가 그제야 군례를 올렸다.

"실례했습니다!"

"괜찮다. 절차대로 한 거니 오히려 칭찬을 받을 부분이었다."

"송구합니다!"

대답한 병사가 병실 문을 살짝 연 후 안에 대고 말했다.

"근위군 1사단 1연대장이 찾아왔습니다."

"들어오시라고 해라."

"예."

문을 막고 있던 병사가 옆으로 걸음을 옮기며 안을 가리켰다.

"들어가 보십시오."

그 말에 고개를 끄덕인 김완은 문을 젖히고 안으로 들어갔다.

병실에 들어서 처음 느낀 것은 어둡다는 거였다.

그리고 독한 약 냄새가 코를 찌른다는 거였다.

눈이 잠시 어둠에 익숙해지길 기다린 김완이 걸음을 옮겼다.

지저분한 침상 위에 체구가 거대한 장수가 반듯이 누워 있었다. 그리고 옆에 놓인 의자에는 의원이 한 명 앉아있었다.

의자에 앉아있던 의원이 급히 일어났다.

"여기에 앉으십시오."

"고맙군."

의자에 앉은 김완이 뒤에 시립한 의원에게 물었다.

"잠이 드셨나?"

그 말에 침상에 누워있던 방덕룡이 눈을 떴다.

"의원에게 물어볼 필요 없소. 이렇게 깨어있으니까."

방덕룡은 얼굴에 부상을 입어 초췌한 모습이었지만 눈빛은 여전히 날카로웠다. 그 모습을 본 김완은 적잖이 감탄했다.

"미안하게 되었소. 우리가 서둘렀으면 이런 일은 없었을 텐데."

"흠, 1연대가 오지 않았어도 우리끼리 막아냈을 것이오."

약한 모습을 보이지 않으려는 방덕룡의 모습에 김완이 웃었다.

"맞소. 해병대라면 능히 그랬을 것이오. 한데 상처는 어떠시오?"

"사나흘 잘 조리하면 원래 몸으로 돌아갈 것이오."

방덕룡의 대답을 들은 김완이 고개를 돌려 의원을 바라보았다.

의원은 방덕룡이 보지 못하는 방향에서 고개를 살짝 저었다.

사나흘 쉬어서 회복하기 어렵다는 뜻이었다.

"그러지 말고 확실히 휴식을 취하는 게……?"

김완이 방덕룡에게 후방 후송을 권하려는 순간.

방덕룡이 말꼬리를 자르며 물었다.

"도착하기로 한 시간은 어제로 아는데 어찌하여 늦은 것이오?"

방덕룡의 추궁에 김완이 어깨를 으쓱해보였다.

"우리도 사정이 있었소."

김완은 방덕룡에게 모리 타다마사 병력과 싸운 이야기를 해주었다. 방덕룡은 미심쩍어하는 눈치였지만 믿지 않을 도리가 없는지라, 몇 마디 위로의 말을 한 다음, 병실을 나왔다.

방덕룡이 몸을 회복하기 위해 최선을 다하는 사이, 김완은 해병대 대신 갓산토다성을 지키다가 다음 날 아침 출발했다.

1연대의 목표는 갓산토다성이 아니었다.

갓산토다성 너머에 있는 호키지방이 1차 목표였다.

호리요군이 거의 전멸한 이즈모지방엔 그들을 막을 병력이 없었다. 가끔 잔병이 기습해오긴 했지만 가볍게 물리쳤다.

이즈모를 지난 1연대는 쾌조의 속도로 진격을 계속했다.

얼마 후, 그들 앞에 호키가 모습을 드러냈다.

김완은 수색중대를 내보내 주변을 샅샅이 수색하며 이동했다.

이즈모를 지날 때는 해병대와 별군이 지나간 곳을 다시 지나가는 상황이었다. 그래서 크게 걱정하지 않았지만 이곳 호키는 달랐다. 호키에 들어온 조선군은 1연대가 처음이었다.

김완은 고개를 돌려 주변을 둘러보았다.

조선에서도 쉽게 볼 수 있는 풍경이었다.

물을 댄 논이 펼쳐지다가 작은 언덕과 숲, 그리고 산이 나왔다.

논에서 피를 뽑고 있어야할 왜국 백성들은 조선군이 쳐들어왔다는 소문을 들었는지 한 명도 보이지 않았다. 피난을 갔거나, 아니면 집에 들어가 문을 모두 닫아건 모양이었다.

왜국의 산하는 온통 초록빛으로 물들어있었다.

덕분에 눈은 편해졌으나 지휘관 입장에서는 별로 좋지 않았다.

논이 있는 지역은 시야가 뻥 뚫려 있어 적의 접근을 빨리 눈치 챌 수 있었다. 그러나 숲과 들이 많은 곳은 엄폐, 은폐할게 많아 적이 가까이 접근하지 않으면 모를 때가 많았다.

김완은 타고 있던 군마를 뒤쪽으로 보냈다.

"연대본부에 보내서 수레를 끌게 해라."

"예."

군마의 고삐를 틀어쥔 부관이 뒤에 있는 연대본부로 달려갔다.

연대본부 안에는 군수과 소속 보급중대가 있었다. 그리고 그 보급중대는 연대가 사용할 군수품을 운송하는 중이었다.

가벼운 물건은 병사들이 옮길 수 있지만 무거운 물건은 어쩔 수 없이 도구와 가축의 도움을 받아야했다. 그래서 연대가 보유한 말과 소 대부분이 보급중대 소속이었다. 보급중대 외에는 장교용 군마와 전령용 군마 등이 있을 따름이었다.

당연히 보급중대는 말이나, 소가 많을수록 좋았다. 그래야 빠른 속도로 보급품을 운송하며 보병과 속도를 맞출 수 있었다.

김완은 자신이 타던 군마를 보급중대에 보내 도움을 주었다.

한 마리 더 보탠다고 보급중대의 속도가 엄청나게 빨라지진 않겠지만 없는 거보단 나았다. 그리고 이곳이 적지인 이상, 말을 타고 가는 것은 나를 죽여 달라 광고하는 것과 같았다.

그 날 오후, 수색 갔던 수색중대가 귀환했다.

김완은 보고하기 위해 찾아온 수색중대장에게 물었다.

"살펴보니 어떻던가?"

"자그마한 성채들이 길목마다 깔려있었습니다."

"지키는 병력은?"

"많은 곳은 수백, 적은 곳은 수십이었습니다."

그 말에 김완은 고개를 끄덕이며 예하부대에 지시를 내렸다.

"근처에 있는 성채는 무시한다. 단, 그들이 성을 나와 후위와 측면을 기습할 수 있으니 행군 진형을 원형진으로 바꾸겠다!"

김완의 지시대로 일자(一子)형태던 진형이 곧 원형진으로 바뀌었다. 보급중대가 있는 연대본부가 가운데 위치하는 형태로 사방을 단단하게 감싸 적의 기습을 막는 진형이었다.

김완은 다시 한 번 주의를 환기시켰다.

"우리가 싸워야할 적은 왜군이다! 민간인은 무시해라!"

옆에 있던 부관이 물었다.

"왜군과 민간인은 어떻게 구분합니까?"

"무기를 들면 그게 왜군이다. 복장이나, 깃발 따윈 상관없다."

"예."

작은 성들을 무시한 1연대는 빠르게 동진했다.

그리고 마침내 목적했던 장소에 도착했다.

호키의 나카무라 카즈타다가 거성으로 쓰는 요나고성이
었다.

요나고성은 주코쿠에 있던 다른 성들이 거의 다 그렇지
만 모리가문의 방계였던 깃카와가문이 점령해 사용하던
성이었다.

그 후, 깃카와가문이 속한 모리가문이 세키가하라서 도
쿠가와 이에야스가 이끌던 동군에 패한 후에는 주인이 바
뀌었다.

도쿠가와 이에야스는 모리가문의 영지를 쪼개 자신을
지지하던 동군 영주들에게 나누어주었는데 요나고성이 있
던 호키지방 역시 마찬가지였다. 세키가하라전투가 끝난
후 요나고성에 들어온 영주는 삼중로였던 나카무라 가즈
우지였다.

나카무라 가즈우지는 도요토미 밑에서 벼슬을 하던 자
이지만 도요토미 히데요시가 죽은 후에는 도쿠가와 이에
야스에게 은밀히 협력했다. 정작 세키가하라가 벌어졌을
때는 병사해 자리에 없었지만 그의 동생이었던 나카무라
가즈히데와 아들 나카무라 카즈타다가 그 대신 동군을 위
해 싸웠다.

전투가 끝난 직후, 그 공을 인정받은 나카무라가문은 호키의 17만5천 석의 영지를 얻었다. 죽은 나카무라 가즈우지를 대신해 가독을 상속한 장남 나카무라 카즈타다는 모리가문이 사용하던 요나고성을 거성으로 삼고 호키를 다스렸다.

그러던 중 큐슈에 침입한 조선군을 막기 위해 병력을 준비해놓으라는 막부의 명을 받고 막 준비에 나서려는 순간에 큐슈에 있다던 조선군이 갑자기 주코쿠 가운데 상륙했다.

나카무라 카즈타다는 조선군이 자신이 있는 호기 쪽으로 오지 않기를 바랐다. 그러나 조선군이 향한 곳은 동쪽이었다.

지금은 호리요가문이 있는 이즈모였지만 그 다음은 그가 있는 호키가 틀림없을 거라 생각했다. 호키는 교토로 가는 길목이었다. 나카무라 카즈타다가 전전긍긍할 무렵, 미마사카의 모리 타다마사로부터 같이 출병하자는 부탁을 받았다.

거절할 수 없는 부탁인지라, 급히 3천 병력을 이끌고 출병했다. 그러나 결과는 대패였다. 그가 지휘하던 3천 병력은 3백 명의 조선군이 지키던 갓산토다성 탈환에 실패해버렸다.

그리고 지원군을 막기로 했던 모리 타다마사 역시 대패

해 꼬리를 만 개처럼 도망쳐버렸다. 그러나 죽으란 법은 없는지 근처에 있던 영주들이 급히 군대를 끌고 지원을 와주었다.

나카무라 카즈타다는 요나고성을 지킬 수 있을 거라 생각했다.

한편, 요나고성 앞에 도착한 김완은 수색중대를 내보내 주변지형과 병력 배치 등을 살폈다. 그 결과, 1연대에 불리한 정황들이 속속 파악되었다. 근처에 있는 것은 나카무라 군이 다가 아니었다. 다른 영주들 역시 대군을 이끌고 와 있었다.

1연대에 닥친 첫 시련이었다.

7장. 호키침공

光海鑑

7장. 호기침공

　이혼은 서쪽 바다를 응시하며 초조한 표정을 감추지 못
했다.

　어제 도착하리라 예상했던 후속 함대의 도착이 늦어지
고 있었다. 늦어지는 이유야 뭐든 가능했다. 도중에 풍랑
을 만났을 수도 있고 왜국 수군을 만났을 수도 있었다. 아
니면 출발 자체가 늦어졌거나, 아니면 출발을 못했을 수도
있었다.

　이유야 어쨌든 늦는다는 게 중요했다.

　황금물결이 요동치는 서쪽 바다를 응시하던 이혼은 검
은 형체가 나타날 때마다 눈을 크게 뜨며 몸을 앞으로 가
겨갔다.

그러나 후속 함대는 아니었다. 암초에 반사된 그림자이 거나, 아니면 고래가 숨을 쉬러 올라온 모습을 착각한 것이었다.

이혼은 이순신과 권응수 쪽으로 고개를 돌렸다.

이순신과 권응수 역시 초조하기는 마찬가지일 터였다.

이순신은 김완이 이끄는 중군 함대가 걱정일 것이고 권응수는 육군 선봉으로 간 황진의 1사단을 걱정하고 있을 것이다.

이혼이 이순신에게 먼저 물었다.

"걱정되시오?"

"걱정이 없다고 하면 그건 거짓일 것이옵니다."

고개를 끄덕인 이혼이 다시 물었다.

"선발대와 후속 함대 둘 중에 어느 쪽을 더 걱정하는 중이오?"

이혼의 질문에 이순신이 잠시 눈을 내리깔았다가 뜨며 답했다.

"마쓰에로 간 선발대와 지금쯤 도착했어야할 후속 함대 둘 다 걱정이옵니다. 둘 중 하나만 실패해도 타격이 크옵니다."

이순신의 말 대로였다.

도중에 폭풍을 만났을 선발대와 지금쯤 도착했어야할 후속 함대 둘 다 걱정이었다. 마쓰에로 간 선발대가 폭풍을 만났으리라는 것은 오키섬에 있는 사람들도 예측이 가능했다.

선발대가 떠나고 며칠이 지났을 무렵, 오키섬 전체에 엄청난 폭풍이 몰아쳤는데 항구에 있던 작은 배들이 해안 위로 쓸려왔을 정도였다. 이 지역 기후에 정통한 왜국 어부들을 불러 물어보았더니 이 폭풍은 육지에서 온 것이라 하였다.

그렇다면 마쓰에항으로 가고 있는 선발대가 오키섬에 닥친 폭풍을 먼저 경험했을 공산이 커 여러모로 걱정이 많았다.

"둘 다 소식이 없으니 걱정이 크군."

중얼거린 이혼은 다시 서쪽 바다를 바라보았다.

저녁노을이 깔린 오키섬의 바다는 참으로 아름다웠다.

이국적이라기보다는 남해안 어딘가에 있는 느낌이었다.

그가 한창 유학할 때는 한국에 몇 년 동안 가지 않은 채 공부만 죽어라 팠었다. 왕복항공료가 비싸기도 했지만 그보다는 공부 자체가 재밌었다. 그가 유학했던 학교는 밥을 먹으러 식당에만 가면 노벨상을 탄 석학들이 즐비한 곳이었다.

그리고 강의실에 들어서면 노벨상을 탈 미래의 석학들이 치열한 경쟁을 펼치는 곳이었기에 한눈 팔 여유가 전혀 없었다.

더구나 그는 국비장학생이었다.

국민의 세금으로 유학 온 입장이었기에 쉬는 것을 죄악이라 생각했다. 지금 생각하면 바보 같을 수도 있지만 어쨌든 그때는 그렇게 생각했다. 그리고 그 덕분에 성과도 얻었다.

세 가지 전공을 복수전공하면서 모두 성과를 내기는 엄청나게 어려운 일인데 그는 그 일을 효과적으로, 빠르게 해냈다.

그렇게 정신없는 생활을 몇 년 동안 반복했다.

조금 더 솔직히 말하면 압박감이 크게 작용했던 시절이었다.

가족의 기대, 주위의 기대.

여기까지는 보통 사람들도 느끼는 압박감이었다.

요즘에도 좋은 대학에 가서 좋은 회사에 취직하고 좋은 여자를 만나 결혼해 자식을 낳아야한다는 가족의 기대와 주위의 기대를 충족하기 위해 불철주야 노력하는 사람들이 많았다.

그러나 그런 노력이 꼭 성과로 이어지는 것은 아니었다. 압박감을 벗어나기 위해 가족들이 기대했던 방향과 아예 다른 길을 가거나, 아니면 극단적인 선택을 하는 경우도 있었다.

이혼은 그런 압박감에 하나가 더 추가되었다.

바로 국가의 기대였다.

이혼은 국가의 기대를 충족하기 위해 미친 듯이 공부했다. 그러다보니 자연히 귀국하는 일이 거의 없을 수밖에 없었다.

유학 간 후에 처음으로 귀국한 게 유명한 학술잡지에 제1저자로 이름을 올린 다음, 국제적인 조명을 받았을 때였다.

그때는 마음의 짐을 던 후였기에 귀국할 수 있었던 것이다.

그런 압박감들은 이혼에게 향수병이란 게 생길 시간을 만들어주지 않았다. 그러나 이곳 오키에 와서는 난생 처음 향수병이란 것을 느꼈다. 고향의 풍경이나, 고국의 음식을 그리워한다기보다는 궁에 있을 가족들이 미치도록 보고 싶었다.

이혼은 울적해진 이유를 찾았다.

왜 지금 이런 기분이 든 것일까?

그 결과, 아무리 생각해도 답은 하나였다.

오히려 유학할 때와는 비교조차 할 수 없을 정도의 엄청난 압박감으로 인해 이곳에서 도망치고 싶다는 생각이 향수병으로 도진 것 같다는 생각이 들었다. 그는 프로이트도, 칼 구스타프 융도 아니었다. 그러나 꼭 그런 심리학자가 아니더라도 지금 그의 상황과 정신 상태를 보면 그런 추론이 가능할 것이다. 이혼은 엄청난 압박감을 1초, 1분 단위로 느끼고 있었다. 작게는 수만, 많게는 1천만의 목숨이 그에게 달려있었다. 밖에서는 그게 무소불위의 권력처럼 보일지 모르지만 안에서는 전혀 다른 세상이 펼쳐지는 것이다.

이혼이 번민에 괴로워할 때였다.

경호하기 위해 따라왔던 대원 하나가 기영도에게 걸어가 뭐라 말했다. 잠시 후, 기영도가 급히 이혼 쪽으로 다가왔다.

이혼이 의아한 표정을 지으며 물었다.

"무슨 일이오?"

"남쪽 부두에 전령선이 도착했습니다."

"남쪽? 그럼 마쓰에로 갔던 선발대가 보낸 것이오?"

"예, 그런 것 같사옵니다."

"어서 전령을 불러오시오."

"예, 전하."

대답한 기영도는 시킨 대로 선발대가 보낸 전령을 데려왔다.

의자에 앉아있던 이혼이 벌떡 일어나 전령 쪽으로 걸어갔다.

가만히 앉아 기다리기엔 마음이 조급했다.

걸어오는 이혼을 본 전령이 급히 자리에 엎드려 절을 올렸다.

"통제영 소속 전령 박아무개이옵니다."

"누가 보냈느냐?"

"통제영 중군 우후 김완장군이 보냈사옵니다."

"과연 김완장군이 과인의 마음을 헤아릴 줄 아는군."

이혼은 감탄을 금치 못했다.

김완이 걱정하고 있을 사람들을 위해 전령을 보내온 것이다.

"중간에 그쪽 사정을 알려주기 위해 돌아온 것이냐?"

"예, 전하. 함대가 폭풍우를 만난 직후에 명을 받았사옵니다."

"함대의 피해는?"

"전선은 두 척이 주 돛이 부러지는 등 항행불능에 빠졌으나 향후 운항에는 큰 문제가 없는 것으로 아옵니다. 그리고 수송선단은 소형 다섯 척, 중형 두 척이 침몰했사옵니다."

전령의 대답을 잠시 곱씹던 이혼이 다시 물었다.

"인명피해는?"

"병력의 피해는 전사 34명, 실종 219명, 중상 14명이었사옵니다. 그리고 비전투원의 피해는 사망 260명, 실종 410명, 중상 150명이옵니다. 대부분 수송선단 쪽 피해이옵니다."

전령의 대답에 이혼은 한동안 말이 없었다.

마쓰에에 도착하기 전에 천 명에 달하는 인명피해를 입었다.

이순신이 한걸음 다가와 상심한 이혼을 위로했다.

"너무 심려하지 마시옵소서. 다른 방도가 없었사옵니다."

"으음."

신음을 뱉은 이혼은 전령에게 다시 물었다.

"그래서 함대는?"

"마쓰에항으로 남하 중이었사온데 지금쯤 도착했을 것이옵니다."

"알았다. 가서 쉬어라."

"성은이 망극하옵니다."

절을 올린 전령은 지친 몸을 달래기 위해 처소로 걸어갔다.

이혼과 이순신, 권응수는 말없이 서쪽 바다를 응시했다.

피해가 있긴 했지만 선발대는 예상대로 움직이는 중이었다.

이젠 그 선발대를 지원하기 위한 함대를 빨리 띄워야했다. 함대를 빨리 띄우지 못하면 선발대는 고립당해 죽어갈 것이다.

의자에 앉은 이혼이 권응수에게 물었다.

"마쓰에에 도착하면 육군은 어떤 식으로 움직이게 되어 있소?"

"소장의 예측으론 황진장군이 1연대를 선봉으로 보냈을 것이옵니다. 1연대장 김완의 능력이 아주 뛰어나다고 하옵니다."

그 말에 이혼은 고개를 돌려 반대편에 있는 이순신을 보았다.

"김완이면 통제영 중군 우후와 이름이 같군."

이순신이 들어본적이 있다는 듯 고개를 끄덕였다.

"신도 근위군에 같은 이름을 쓰는 장수가 있다는 말을 들어보았사옵니다. 능력이 출중하다고 하니 한번 믿어보시옵소서."

이혼이 권응수에게 다시 물었다.

"사령관은 1연대가 지금쯤 어디에 있을 것 같소?"

그 말에 권응수는 먼저 반대편에 있던 이순신을 힐끗 보았다.

"수군 해병대가 갓산토다성을 무사히 점령했다면 호키에 있을 것이옵니다. 그리고 호키가 생각보다 약할 경우에는 긴키에 들어가 1차 목적지를 목전에 두기 시작했을 것이옵니다."

"음."

이혼과 이순신, 권응수가 향후 작전에 대해 의견을 나눌 때였다.

서쪽 바다를 감시하던 금군 대원 하나가 소리쳤다.

"왔사옵니다!"

"오!"

벌떡 일어난 이혼은 목에 건 망원경으로 수면 위를 관찰했다.

수송선단 깃발을 건 후속 함대 선봉이 보였다.

이혼의 심장이 빨리 뛰기 시작했다.

잠시 후, 손가락크기로 보이던 함대가 금세 몸집을 불려 갔다.

시간이 좀 더 흐른 후에는 함대가 모습을 완전히 드러냈다.

입이 떡 벌어질 만큼, 엄청난 규모였다.

전선은 몇 척 없었지만 수송선은 그 수를 세기 어려울 지경이었다. 대형, 중형, 소형 등 천여 척의 배가 장관을 이뤘다.

이 1천여 척의 수송선이야말로 조선이 현재 가진 국력이 얼마나 강한지 나타내주는 증거였다. 제주도, 대마도, 그리고 마쓰에와 이키, 나고야대본영에 있는 수송선을 전부 더하면 거의 2천척에 이르렀는데 그 중 반이 눈앞에 있었다.

말 그대로 후속 함대의 도착이야말로 전투 초반을 편하게 풀어가는 열쇠와 같았다. 그리고 그 열쇠가 지금 도착했다. 이혼은 기영도에게 어서 군마를 가져오라 명했다. 그가 묵룡이라 이름 지은 군마였다. 정확히 말하면 어마(御馬)였다.

이순신과 권응수 역시 자신들의 군마에 훌쩍 올라탔다.

"가자!"

소리친 이혼이 남쪽에 있는 오키섬 중앙부두로 달렸다.

해안가를 따라 자란 해송과 하얀 모래가 반짝이는 백사장을 지나는 순간, 남쪽 부두가 모습을 드러냈다. 부두 주위를 경계하는 병사들이 이혼일행을 확인하더니 얼른 문을 열었다.

문을 통과한 이혼은 빠르게 말을 몰아 부두 안으로 달렸다.

짐을 옮기던 병사들이 얼른 옆으로 비켜섰다.

이혼의 복장은 일반 장교들과 다를 바 없었다.

녹색 위장복에 철모를 착용했다.

정유재란까지는 검은색 철릭을 입었지만 적지에 들어온 후에는 정체를 최대한 감추기 위해 장교와 같은 복장을 하였다.

그러나 병사들은 모두 이혼을 알았다.

이혼이 병사들과 식사하는 자리를 자주 마련하는 등, 비교적 가까이 지내는 터라, 그의 얼굴을 아는 병사들이 많았다.

경호하는 입장에선 별로 반기지 않겠지만 어쨌든 그 덕분에 이혼을 향한 병사들의 충성심은 전보다 더 단단해져 있었다.

근위군 소속 고위 장교들이 모여 반란을 획책하더라도 이런 분위기라면 휘하 병사들이 따르지 않을 가능성이 높았다.

이혼은 사실 적보다 내부의 적이 더 걱정이었다.

적이야 막으면 되지만 내부에 있는 적은 막을 수가 없었다.

그런 점에서 볼 때 병사들과 친하게 지내는 이혼의 행동은 효과가 있다고 할 수 있었다. 적어도 내부는 안전한 것이다.

부두에 도착한 이혼은 금군 대원이 말고삐를 잡음과 동시에 몸을 날려 하마했다. 이혼의 승마술은 점점 더 발전해 지금은 금군 못지않았다. 그야말로 괄목할만한 성장이었다.

목에 건 망원경으로 바다를 살펴보던 이혼은 고개를 끄덕였다.

해안을 따라 내려온 후속 함대가 남쪽 부두에 접근 중이었다.

이혼을 따라온 이순신이 지휘 망루로 올라가 정박을 지휘했다.

"부두를 비워라!"

"예!"

이순신의 지휘를 받은 전선과 수송선이 일사불란한 모습을 보이며 부두를 비웠다. 수십 척의 배가 엉켜있는 부두를 단시간에 비울 수 있다는 것 자체가 지휘관의 능력이 대단하다는 반증이었다. 복잡하던 남쪽 부두가 어느새 텅 비었다.

"수기를 흔들어 함대의 입항을 유도해라!"

"예!"

이순신의 명을 받은 장교가 커다란 수기를 흔들었다.

잠시 후, 수기를 본 후속 함대가 부두로 들어오기 시작했다.

가장 먼저 부두 안으로 들어온 배는 커다란 전선이었다.

1번 부두 옆에 정박한 전선이 계류 밧줄을 부두 위에 던졌다.

기다리던 부두 인부들은 부두에 날아든 밧줄을 잡아 계류 말뚝에 묶었다. 밧줄을 말뚝에 묶어두지 않으면 조류나, 해수에 의해 전선이 움직일 수 있어 반드시 필요한 작업이었다.

정박하기 위한 마지막 작업은 당연히 닻을 내리는 작업
이었다.

전선에 있던 수군 병사들이 선미 쪽으로 이동해 닻을 풀
었다.

드르륵!

묶여있던 닻줄이 풀리는 순간, 엄청난 굉음이 울리며 쇳
덩이로 만든 닻이 오키 앞바다의 검은 물속으로 빨려 들어
갔다.

정박을 마친 전선은 바로 선미 끝에 나무 사다리를 내렸
다.

잠시 후, 몇 명이 그 사다리를 통해 내려왔는데 그 중 두
명이 먼저 이혼이 있는 곳으로 걸어왔다. 왼쪽은 나이 지
긋한 장수였다. 반백의 수염과 호리호리한 체격이 잘 어울
렸는데 그냥 걸어오고 있을 뿐인데도 풍기는 관록이 대단
했다.

반면, 오른쪽에 있는 사람은 체구가 아주 큰 젊은 장수였
다. 녹색 군복의 단추가 터질 거처럼 몸이 돌처럼 단단했다.

둘 중 나이 지긋한 쪽이 먼저 이혼에게 걸어왔다.

나이는 속일 수 없는지 얼굴에 주름이 도랑처럼 패여 있
었다.

그러나 눈빛은 예전 모습 그대로였다.

한창 때의 모습처럼 날카로운 빛이 번쩍였다.

장수가 이혼 앞에 도착해 군례를 올렸다.

마치 말단 병사가 장군에게 하듯 절도 있는 군례였다. 군례를 올린 나이 지긋한 장수의 정체는 바로 도원수 권율이었다.

이혼이 앞으로 걸어가 권율의 손을 두 손으로 잡았다.

노장의 손은 얼음장처럼 차가웠다.

"먼 길 오느라 고생이 많았소."

권율은 정중히 답례했다.

"아니옵니다, 전하. 오히려 심려를 끼쳐드린 것 같아 신은 주상전하를 감히 뵐 면목이 없사옵니다. 용서하여주시옵소서."

이혼은 고개를 저었다.

"아니오. 저런 대 선단을 끌고 바다를 건너오는 사람이 하루 밖에 늦지 않았다는 게 과인은 더 대단하다는 생각이 드오."

이혼의 진심어린 말에 권율은 감격한 듯이 보였다.

"성은이 망극하옵니다."

"오는 도중에 무슨 일이 있었던 것이오?"

이혼의 질문을 받은 권율이 고개를 끄덕였다.

"이곳에 도착하기 며칠 전, 지나가는 풍랑을 만나 속도를 내기 어려웠던 적이 있었사옵니다. 그때 지체된 모양이옵니다."

"피해는 없었소?"

"하늘이 보우하시어 다행히 큰 피해는 없었사옵니다."

"다행이군. 아무튼 경이 아주 잘해주어 과인은 한시름 놓았소."

이혼의 말에 권율이 뒤에 있던 젊은 장수를 앞으로 데려왔다.

"통제영 좌군 우후로 있는 이영남장군이옵니다. 신이 선단을 이끌고 바다를 건너오는데 그가 큰 도움을 주었사옵니다."

"오, 자주 보던 얼굴이군."

이혼은 앞으로 걸어가 이영남을 만났다.

다소 뻣뻣한 자세로 서있던 이영남은 얼른 군례부터 올렸다.

이혼은 군례를 취하기 위해 한쪽 무릎을 꿇은 이영남을 손수 일으켜 세웠다. 그리곤 바닷바람을 맞아 쩍쩍 갈라진 이영남의 부르튼 손을 자신의 손으로 부드럽게 감싸주며 말했다.

"도원수가 저렇게 말할 정도면 엄청난 활약을 펼친 모양이군."

"귀가 간지러워 몸 둘 바를 모르겠사옵니다."

"고생한 사람들을 계속 세워둘 수는 없지. 이보시오, 조내관!"

조내관이 얼른 앞으로 나와 허리를 숙였다.

"예, 전하."

"가볍게 한 잔 할 생각이니 주안상을 마련해주시오."

"얼른 준비해놓겠사옵니다."

이혼은 권율과 이영남 등을 조내관이 마련한 주안상으로 데려갔다. 원래 진중에서는 술을 하지 않지만 오늘은 후속 함대가 무사히 도착한 날인지라, 축하주를 마실 생각이었다.

그 만큼 후속 함대의 도착은 이혼을 기쁘게 만들었다.

그러나 술자리가 길지는 않았다.

술이 한 순배 돈 연후에 다들 휴식을 취하러 떠났다.

전쟁은 지금부터 시작이었다.

마음 놓고 취할 때가 아니었다.

다음 날, 동이 채 뜨기 전에 채비를 마친 이혼은 처소를 나와 부두를 찾았다. 준비를 마친 병력 역시 부두 쪽으로 걸어갔다. 모두 등과 어깨에 무거워 보이는 짐을 짊어진 채였다.

부두에 도착한 이혼은 소금기가 섞여있는 공기를 폐가 터질 만큼 들이마셨다. 지금 딛고 있는 땅이 어쩌면 마지막 땅일지도 몰랐다. 대마도에서 오키까지 오는 항로가 훨씬 길기는 하지만 오키에서 마쓰에로 가는 동안, 무슨 일이 생길지 모르는 것이다. 마음의 준비를 단단히 한 이혼

은 부두에 있는 다리를 이용해 그를 기다리는 전선에 승선
했다.

뱃전의 난간에 도착해 안으로 뛰어든 이혼은 좌우로 흔
들리는 요동에 잠시 적응한 다음, 고개를 들어 주위를 보
았다.

이순신의 대장선이 그 웅장한 자태를 드러냈다.

이혼은 이순신, 권율 두 명과 함께 본진을 이끌고 마쓰
에에 상륙할 예정이었다. 이혼이 없는 동안, 오키는 권응
수가 맡을 예정이었다. 그렇다고 권응수가 오키에 계속 머
무는 것은 아니었다. 본진이 상륙한 다음, 수송선이 오키
에 다시 돌아오면 3차 병력과 함께 상륙해 뒤를 받칠 계획
이었다.

"이쪽으로 오시옵소서."

이순신의 안내를 받은 이혼은 함교에 올라가 의자에 앉
았다.

이혼을 위해 특별히 만든 의자인지 호랑이가죽에 목화
솜을 넣어 아주 푹신했다. 이혼은 참았던 숨을 내쉬며 긴
장을 풀었다. 가죽의자에 든 목화솜이 몸을 편하게 받쳐주
었다.

이혼은 고개를 돌려 좌우를 보았다.

왼쪽에 수군을 맡은 통제사 이순신이 있었다.

그리고 오른쪽에 육군을 맡은 도원수 권율이 있었다.

원래 수뇌부는 같은 전선에 동승하지 않는 게 관례였다.

전선이 침몰하면 수뇌부 전체가 한꺼번에 사라질 수 있었다.

그리고 수뇌부 전체가 한꺼번에 사라져버리면 지휘체계가 삽시간에 무너져 더 이상 전쟁을 수행하기 힘들어지는 것이다.

이런 이유로 인해 미국에선 유사시에 대통령과 부통령이 다른 비행기를 탄다든지 하는 방법으로 이런 사태에 대비했다.

그러나 지금은 다른 때보다 안전한 편이었다.

날씨가 좋았고 적의 수군이 공격해올 확률 역시 극히 적었다.

이혼은 이순신에게 먼저 물었다.

"이번 본진의 함대 구성은 어떻게 하였소?"

"통제영 우군 전선 10척이 수송함대를 호위할 것이옵니다. 그리고 수송함대는 배가 총 817척이 동원되는데 대형 130척, 중형 342척, 소형 354척으로 각각 구성되어 있사옵니다."

이혼의 고개가 반대편으로 돌아갔다.

"육군은 어떻게 하기로 하였소?"

권율이 급히 대답했다.

"2사단과 3사단, 포병여단이 본진의 주력을 맡을 것이옵니다."

고개를 끄덕인 이혼은 의자에서 일어나 이순신에게 손짓했다.

"통제사는 함대를 출발시키시오!"

"예, 전하!"

대답한 이순신이 돌아서서 함대 통신참모에게 명령을 내렸다.

"함대를 출발시켜라! 목표는 이즈모의 마쓰에항이다!"

통신참모는 바로 통제영 대장선 주 돛대에 녹색 바탕에 용을 그린 깃발을 걸었다. 마침 바람이 순풍으로 불어오는지라, 돛대에 걸어놓은 깃발이 늘어지지 않고 제대로 펄럭였다.

대장선의 깃발을 본 주위 배들이 일제히 호각을 불었다.

호각은 말 그대로 뿔피리였다.

배의 고동소리처럼 멀리 퍼져나가 함대가 출발함을 알렸다.

가장 바깥에 있던 전선부터 움직였다.

통제영 좌군 소속 호선(虎船) 열 척이었다.

가로돛과 세로돛 수십 개가 바람을 한껏 머금으니 육중한 동체가 서서히 움직이기 시작했다. 호선의 조타수들은 배의 방향을 잡기 위해 용을 썼다. 그리고 갑판병은 배가

동력을 제대로 받을 수 있게 돛 줄을 조정하느라 여념이
없었다.

자연의 힘은 위대했다.

그러나 사람처럼 즉각적으로 반응하진 않았다.

제자리서 한참을 꾸무럭거리던 호선이 보폭을 늘리기
시작했다. 그 다음은 일사천리였다. 한 번 탄력을 받기 시
작한 호선은 그 힘을 주체하기 어려울 정도로 빠르게 움직
였다.

"좌군은 안진(雁陣)을 구성해라!"

통제영 좌군 소속 호선 열 척은 좌군 우후 이영남의 지
시에 따라 안진을 구성했다. 안진은 기러기가 날아가는 모
습을 본 딴 진법이었는데 안진의 장점이라면 적의 진법에
대처하기 쉽다는 점이었다. 말 그대로 임기응변이 장점이
었다.

안진을 구성한 통제영 좌군 호선 열 척이 포말을 만들
며, 그리고 하얀 항적을 그리며 남쪽을 향해 나아가기 시
작했다.

전선 다음에는 수송선 차례였다.

수송선이 가장 많아 그 배치에 신경을 많이 써야했다.

대형 수송선이 가운데서 중심을 잡고 그 좌우에 중형 수
송선을 배치했다. 그리고 대형과 중형 사이에 소형을 배치
했다.

이런 식으로 선박을 배치할 경우, 상대적으로 외부충격에 취약한 소형선이 파도나, 조수의 흐름에 영향을 덜 받았다.

수송함대 뒤에는 이순신의 통제영 본영이 위치했다.

통제영은 크게 본영, 중군, 좌군, 우군으로 이루어져있었는데 중군, 좌군, 우군은 단독 작전이 가능한 함대였다. 반면, 본영은 수군 지휘와 통제사의 호위를 위해 만든 소함대였다.

본영은 일반 호선보다 반 배 가량 큰 이순신의 대장선이 중심을 잡았다. 그리고 네 척의 호선이 대장선을 둘러싸 호위했다. 즉, 호선이 동서남북방향에 한 척씩 자리하는 것이다.

통제영 본영마저 출발하며 총 800척에 이르는 대 선단이 마쓰에를 향해 출발했다. 그야말로 엄청난 규모의 선단이었다.

마치 시커먼 섬이 바다를 떠다니는 듯했다.

이혼은 함교를 내려와 대장선 선미 쪽으로 향했다.

오키섬에 남은 권응수 등이 일제히 군례를 취했다.

이혼은 손을 흔들어 그들의 인사에 답했다.

잠시 후, 오키섬을 출발한 함대가 본격적인 항해에 들어갔다.

그렇게 며칠이 흘렀다.

이혼은 처소에 들어가 권율 등과 이야기를 나누었다. 이순신은 함대 지휘에 신경 쓰느라 같이 있는 시간이 많지 않았다.

그 날 밤, 대장선이 마치 오르막길을 열심히 오르다가 갑자기 급격한 내리막길에 들어선 거처럼 요동치는 걸 느꼈다.

"읍."

어제 밤부터 좋지 못했던 속이 다시 한 번 뒤집어졌다.

이혼은 급히 침상에서 일어나 옆에 있는 대야를 찾았다.

"컥컥."

먹었던 것을 토하면 그나마 나을 것 같은데 먹은 게 없는지라, 쓴물만 나왔다. 수건으로 더러워진 입가를 닦은 이혼은 한숨을 쉬며 침상 벽에 기대었다. 배는 적응이 쉽지 않았다.

한숨 쉬던 이혼은 바람을 쐴 생각에 밖으로 나왔다.

반대편 선실에 있던 기영도가 등잔을 들고 이혼을 따라 나왔다.

뱃머리 방향으로 걸어간 이혼은 고개를 들어 하늘을 보았다.

시커먼 하늘이 끝없이 펼쳐져 있었다.

달빛이 구름에 가렸는지 어디가 바다고 어디가 하늘인지 구분이 쉽지 않았다. 요동치는 배와 철썩이며 뱃전에 부딪치는 파도소리만이 그가 있는 곳이 어딘지 알려줄 뿐이었다.

이혼은 별 하나 보이지 않는 검은 하늘을 보며 숨을 골랐다.

바깥 공기를 쐬니 속이 좀 가라앉는 것 같았다.

그때였다.

이혼 뒤에 서있던 기영도가 이혼 앞을 막아섰다.

그리곤 손에 쥔 등잔을 위협하듯 휘두르며 물었다.

"누구냐?"

등잔 불빛이 지나가는 곳에 젊은 병사가 서있었다.

병사는 앞에 있는 사람이 누군지 알고 당황한 표정을 지었다.

기영도가 대답이 없는 병사를 보더니 칼자루에 손을 얹었다.

"누구냐고 묻지 않느냐?"

"저, 저는 대, 대장선 갑, 갑판병 유아무개입니다."

"무슨 일이냐?"

"야, 야간경계를 서, 서기 위해……."

몸을 사시나무처럼 떠는 병사가 딱해보였던 이혼이 말렸다.

"괜찮으니 그만하게."

"예, 전하."

허릴 숙인 기영도가 재빨리 물러나 이혼 뒤에 시립했다.

이혼은 그 자리에 얼어붙은 병사에게 손짓했다.

"괜찮으니 가까이 오너라."

멈칫하던 병사가 경직된 모습으로 다가왔다.

이혼은 병사의 긴장을 풀어주기 위해 미소를 지으며 물었다.

"이름이 무엇인가?"

"유, 유운성(柳雲星)이옵니다."

"오, 이름이 아주 운치 있구나. 구름 속의 별이란 뜻이 맞는가?"

병사는 그제야 긴장이 조금 풀리는 듯했다.

"그렇사옵니다."

"구름 속의 별은 그 찬란한 빛이 언젠간 드러나게 마련이지."

칭찬을 받았다고 생각했는지 유운성의 얼굴이 빨개졌다.

아직 순수한 것이다.

이혼이 미소를 지으며 물었다.

"고향은 어디인가?"

"경상도 울산이옵니다."

유운성의 대답에 눈을 감은 이혼이 풍광을 떠올리며 말했다.

"좋은 곳이지. 과인도 부산에 있을 때 울산에 들른 적이 있었다. 비록 일이 바빠 자세히 보진 못했지만 느낌이 좋은 곳이었지. 고향에는 누가 있는가? 양친은 둘 다 살아 계신가?"

"예, 전하."

이혼이 유운성의 어깨에 손을 올리며 동생에게 하듯 말했다.

"언제일진 모르겠지만 언젠간 살기 좋은 세상이 꼭 올 것이다. 과인이 이런 전쟁을 벌이는 이유도 좋은 세상을 만들기 위함이니까. 네 임무는 잘 싸우는 게 아니다. 살아남는 게 임무다. 고향에 돌아가 부모님을 뵐 때까지 죽지 마라."

그 말에 코끝이 찡해졌는지 유운성이 코를 훌쩍이며 대답했다.

"예, 전하. 그렇게 하겠사옵니다."

유운성이 돌아간 후, 이혼은 거친 밤바다를 보며 상념에 잠겼다.

지금은 시간과의 싸움이었다.

선발대로 상륙한 1사단, 그 중에서도 1연대가 얼마나 버텨주느냐에 따라 전쟁의 초반 승패가 바뀔 수 있는 상황이었다.

이혼이 뒤에 있던 기영도에게 물었다.

"금군 대장은 근위군 1사단 1연대장에 대해 얼마나 아시오?"

등잔을 든 기영도가 이혼 옆으로 다가왔다.

"김완 장군 말이옵니까?"

"맞소. 통제영 중군 우후와 이름이 같다던 김완."

"문무를 겸비한 재원이라 들었사옵니다."

기영도의 대답에 이혼이 눈을 가늘게 뜨며 물었다.

"큰일을 맡길 수 있는 사람이오?"

그 말에 잠시 고민하던 기영도가 대답했다.

"송구하오나 솔직히 말씀드리면 잘 모르옵니다. 그러나 1사단장 황진은 신이 조금 아는데 그가 1연대장으로 뽑은 사람이라면 능히 큰일을 맡길 수 있는 인재일 거라 생각하옵니다."

기영도의 대답을 곱씹던 이혼이 중얼거렸다.

"어쨌든 지금은 그를 믿어보는 수밖에 없겠군."

이혼이 말한 그 김완은 호키 요나고성에 거의 도달해 있었다.

요나고성은 호키 나카무라가문의 거성이었다.

그러나 요나고성 주위에 진을 친 왜군은 나카무라군이 아니었다. 나카무라가문을 돕기 위해 달려온 주변 영주들의 군대였다. 아무리 유사시라고 하지만 다른 영주의 군대가 자기 영지 안에 들어오는 것을 반길 영주는 한 명도 없었다.

그러나 나카무라가문은 선대 영주였던 나카무라 가즈우지가 죽은 후에 세력은 약해진 상태였다. 어린 아들 카즈타다가 가독을 이었지만 아버지와 같은 영향력이 있을 리 없었다.

그 결과, 주변 영주들의 지원요청을 거절하지 못했다. 그리고 사실 지원을 받지 못하면 버티기 힘든 상태인 것도 맞았다. 나카무라 카즈타다입장에서는 선택의 여지가 달리 없었다.

요나고성을 눈앞에 두고 행군을 멈춰야했던 김완은 수색중대를 내보내 요나고성 주위에 진을 친 적들의 정체를 알아내려하였다. 얼마 후, 적의 정체가 하나둘 밝혀지기 시작했다.

김완이 보기에 요나고성을 지키는 나카무라 카즈타다의 병력은 별로 무서울 게 없었다. 해병대가 지키던 갓산토다성을 공격할 때 3천을 동원했으나 대패해 피해를 크게 입었다.

그렇다면 요나고성에 있는 병력 역시 별로 두려울 게 없었다.

그러나 요나고성 남동쪽과 남쪽에 위치한 두 개 군대는 달랐다.

먼저 무려 2만 명에 달하는 남쪽 병력은 하리마의 대영주 이케다 데루마사가 동원한 병력이었다. 이케다 데루마사는 주코쿠에 있는 영주들 중 서쪽 끝에 있는 모리가문을 제외하면 난세에 가장 큰 명성을 떨친 가문이라 할 수 있었다.

이케다 데루마사의 선친은 이케다 츠네오키였다.

이케다 츠네오키는 오다 노부나가와 복잡한 혈연관계를 가진 인물로 오다일족이라 봐도 무방했다. 당연히 오다 노부나가를 섬겨 그가 긴키를 제패하는데 크게 활약한 가신이었다.

그 결과, 오다 노부나가가 혼노지의 변으로 사망했을 때 그 후계자를 가리기 위해 열렸던 키요스회의에 중신의 자격으로 참가했다. 그리고 키요스회의에서 시바타 가쓰이에에 대항해 당시 하시바란 성을 쓰던 하시바 히데요시를 지지했다.

그러나 그런 이케다가문에 불운이 찾아왔다.

도요토미 히데요시가 도쿠가와 이에야스와 오다가문의 유산 상속자를 놓고 벌였던 고마키, 나카쿠데전투에서 실수로 낙마해 도쿠가와가문의 가신 손에 목숨을 잃었던 것이다.

고마키, 나카쿠데전투에서 이케다 츠네오키와 츠네오키의 적자였던 이케다 모토스케가 동시에 전사한 바람에 이케다가문의 가독은 다른 아들이었던 이케다 데루마사가 이었다.

이케다 데루마사는 도요토미 히데요시의 중매를 받아 도쿠가와 이에야스의 딸을 아내로 맞았다. 도요토미 히데요시의 중신임과 동시에 도쿠가와 이에야스의 사위가 된 것이다.

그런 이유로 도요토미 히데요시가 죽은 후엔 도쿠가와 이에야스 쪽에 붙었고 세키가하라때는 동군에 참전에 활약했다.

도쿠가와 이에야스는 사위의 활약을 좋게 보았는지 그에게 하리마 52만석이라는 엄청난 영지를 내렸다. 이케다 데루마사는 하리마에 들어가 성을 쌓았는데 그게 히메지 성이었다.

그리고 그 하리마가 있는 곳이 바로 호키의 남쪽이었다. 호키와 지리적으로 가장 가까운 곳의 영주였던 것이다.

원래는 전라사단을 치러 출발한 쇼군 도쿠가와 히데타다를 보좌하기 위해 큐슈로 넘어갈 예정이었는데 마쓰에 항에 상륙한 조선군이 이즈모를 단숨에 돌파해 호키에 도착했다는 소식을 듣고 바로 출발해 요나고성 남쪽에 진채를 세웠다.

김완은 상대의 병력이 2만이라는 말에 미간을 잔뜩 찌푸렸다.

그의 병력은 3천이었다.

거의 일곱 배에 해당하는 병력이었다.

더 큰 문제는 이곳에 이케다군만 있는 게 아니라는 점이었다.

김완의 이마에 생긴 깊은 골이 한동안 펴지지 않았다.

8장. 이케다형제

8장. 이케다형제

　김완의 1연대가 보는 관점에서 남동쪽 방향에 적의 진
채가 하나 더 있었다. 잠시 후, 수색중대의 보고와 정보장
교의 정보를 합친 결과, 남동쪽 적의 정체는 이케다 나가
요시로 밝혀졌다. 남쪽에 있는 이케다 데루마사의 동생이
었다.

　이케다 나가요시는 형 이케다 데루마사와 함께 도쿠가
와 이에야스의 동군으로 참전해 세키가하라에서 전공을
세웠다.

　그리고 그 공을 인정받아 형 이케다 데루마사는 하리마
에 52만석을, 동생 이케다 나가요시는 이나바에 6만석의
영지를 받았다. 데루마사의 영지가 훨씬 큰 것은 이케다

데루마사가 아버지 이케다 츠네오키의 가독을 이었기 때
문이다.

결국, 김완의 앞을 막아선 적은 이케다가문의 형제인 셈
이었다.

김완이 남동쪽에 있는 진채를 유심히 살펴보며 물었다.

"동생 쪽의 병력이 얼마인가?"

수색중대장이 고개를 돌려 부하들과 의견을 나누었다.

잠시 후, 의견이 하나로 정해졌는지 김완의 질문에 대답
했다.

"소장이 보기엔 3, 4천으로 보였습니다."

"3, 4천이라……."

팔짱을 낀 김완이 고개를 살짝 끄덕였다.

"그렇다면 요나고성의 병력까지 합쳐 넉넉잡아 3만이란
말이군."

옆에 있던 부관이 세상 다 산 표정으로 물었다.

"그건 적의 숫자가 우리의 열 배가 넘는다는 말이 아닙
니까?"

"후후, 열 배지."

김완의 태평스런 말에 부관이 놀라 물었다.

"어찌 웃으십니까? 적이 많은 게 걱정되지 않으십니까?"

"어차피 언젠간 닥칠 일이었다."

"예?"

"이곳은 사방에 적이 있는 적지다. 당연한 결과라 할 수 있지."

부관이 볼멘 목소리로 물었다.

"그래도 적이 너무 많지 않습니까?"

"3만이면 해볼 만하다. 적이 5만이나, 10만이 아닌 게 어딘가?"

김완의 말에 부관이 어깨를 으쓱해보였다.

"그렇기야 하지요."

"후후."

부관을 보며 웃던 김완이 기다리던 수색중대장에게 명했다.

"수색중대는 적의 진형을 자세히 파악해오게."

"예."

대답한 수색중대장은 부하들을 이끌고 다시 적진으로 향했다.

김완이 적의 정보를 알아내기 위해 가용 가능한 전력을 총동원한 거처럼 적 역시 이쪽의 정보를 알아내기 위해 움직였다.

수십, 아니 수백이 조선군 주위를 얼쩡거리며 1연대의 정보를 알아내려 애썼다. 그리고 얼마 지나지 않아 주변 수십 리 안에 1연대를 제외한 다른 병력이 없다는 것을 알아냈다.

이케다형제는 원래 방어 위주의 전략을 구상하고 있었다. 그렇게 버티다보면 슨푸성에 있는 도쿠가와 이에야스가 대군과 함께 당도할 테니 그들이 맡은 임무를 다하는 셈이다.

한데 닌자 등을 대거 풀어 조선군을 정찰한 결과가 이상했다.

조선군의 숫자가 적어도 너무 적었다.

불과 3천이었다.

뒤에 매복 병력이 있는 것도 아니었다.

정말로 3천이었다.

반면, 그들이 데려온 병력은 3만이 넘었다.

밥 짓는 사람, 군마를 관리하는 사람, 짐을 나르는 사람까지 전부 합치면 거의 5만에 달했다. 어쨌든 싸울 수 있는 병사의 숫자가 조선군이 가진 병력의 열 배에 해당하는 것이다.

이케다형제는 고민에 고민을 거듭했다.

열 배가 넘는 병력을 가지고 있으면서 방어적으로 나가는 것은 왠지 꼴사납게 느껴지는 면이 있었다. 왜국 영주들은 행정가나, 정치가가 아니었다. 그들은 자신을 사무라이로 생각했다. 사무라이의 자존심이 그들을 가만두지 않았다.

결국, 이케다가문의 가주 이케다 데루마사가 결정을 내렸다.

"조선 놈들에게 본때를 보여줘야겠군."

이케다 나가요시가 즉시 찬성했다.

"잘 생각하셨소. 3천이면 반나절 거리도 아닐 거요."

이케다형제는 김완의 1연대를 잡아먹기 위해 작전을 세
웠다.

형제는 어렸을 때부터 명장이던 아버지 이케다 츠네오
키에게 병법을 전수받았다. 그리고 이케다가문이 오다, 도
요토미, 도쿠가와 삼대를 섬긴 덕분에 그 세 사람이 치룬
여러 전투에 동원되어 경험이 충분하다 못해 넘칠 지경이
었다.

자신감이 넘치는 이케다 나가요시가 자기 가슴을 두드
렸다.

"형님, 내가 선봉에 서게 해주시오."

"흠, 자신 있느냐?"

"형님이 뒤에서 지원만 해주면 제깟 놈들이 뭘 할 수 있
겠소."

이케다 데루마사가 군선을 펼쳐 달려드는 벌레를 쫓아
냈다.

"돌아가신 아버님께서 경적(輕敵)하면 필패(必敗)라고
하셨다."

이케다 나가요시가 불쾌한 표정을 지었다.

"나도 나이가 적지 않소."

"그게 무슨 말이냐?"

"그 정도쯤은 알고 있으니 가르치려 들지 말란 말이오."

"흐음."

눈썹을 찌푸린 이케다 데루마사가 군선을 소리 나게 접었다.

"좋다. 네게 선봉을 맡기마. 우리 쪽에선 요시다를 보내주지."

이케다 나가요시가 혀를 찼다.

"요시다면 전투에서 하물을 잃어 남자구실 못하는 놈이 아니오?"

이케다 데루마사가 군선으로 탁자를 치며 소리쳤다.

"요시다는 내 중신이다! 함부로 말하지 마라! 아무리 네가 동생이라도 선을 넘을 때에는 가주로서 용서하지 않을 것이다!"

이케다 나가요시가 능글맞은 표정을 지으며 자기 입을 때렸다.

"요 입이 방정이오. 방정."

등을 돌린 이케다 데루마사가 돌아가라는 듯 손짓했다.

이케다 나가요시가 이케다 데루마사의 등에 대고 부탁했다.

"그럼 그 고자, 아니 요시다나 제때 보내주시오."

알았다는 듯 이케다 데루마사가 고개를 끄덕였다.

형에게 확답을 받은 이케다 나가요시는 신이 나서 돌아갔다.

그 시각, 수색중대를 보내 적의 진형을 알아내려 애쓰던 김완은 오래지 않아 적의 진형에 변화가 생겼다는 것을 알아냈다.

김완이 눈이 크게 뜨며 물었다.

"이게 정말 사실인가?"

수색중대장은 틀림없다는 듯 고개를 두 번 끄덕였다.

"예, 소장이 직접 눈으로 확인한 내용이니 틀림없을 겁니다."

"알았다."

"그럼."

수색중대장이 돌아간 후 부관이 다가와 물었다.

"어떤데 그렇게 놀라신 겁니까?"

"네가 직접 봐라. 그리고 느낌이 어떤지 말해봐라."

김완에게서 수색중대장이 직접 보고 그린 적의 진형을 받아든 부관은 한참동안 살펴보더니 고개를 살짝 끄덕이며 말했다.

"적의 진형이 확실히 아침과는 달라졌군요."

"네가 보기에는 적이 무슨 생각을 하는 것 같은가?"

"이번에는 적의 무게중심이 앞으로 잔뜩 쏠려 있습니다."

부관의 대답에 김완이 흐뭇한 미소를 지었다.

"잘 보았다. 그렇다면 거기서 얻을 수 있는 정보는 무엇인가?"

"우선 적이 정찰을 제대로 했다는 것을 알 수 있습니다."

"이유는?"

"우리의 전력을 파악하고 방어에서 공세로 돌아선 게 증거입니다. 무게중심이 앞으로 쏠렸다는 건 곧 공격을 뜻하니까요."

부관의 대답에 수염을 매만지던 김완이 재차 물었다.

"그렇다면 그에 대한 대처방법은?"

"적의 공세가 예상되니 방어준비를 단단히 해야 할 것입니다."

"나와 같이 나가보세."

김완은 부관을 데리고 지휘 막사를 나갔다.

1연대는 지금 방원(方圓)형태로 진채를 내린 상태였다.

방원은 방(方)과 원(圓)을 합친 말이다. 쉽게 풀이하면 방은 사각형, 원은 원형을 뜻했다. 즉, 사각형과 원형 두 개의 울타리를 세운 형태였다. 이는 중심을 노리는 적의 타격을 방어하기 위한 진법으로 극히 수비적인 형태 중 하나였다.

김완이 본부가 있는 언덕 위쪽으로 올라가 사방을 가리켰다.

"적의 주공방향으로 보이는 동쪽에는 1대대, 남쪽에는 2대대를 배치했다. 또, 북쪽과 서쪽에는 3대대와 5대대를 각각 배치했다. 지금쯤이면 다들 참호를 거의 완성했을 것이다."

부관이 사각형형태로 배치를 마친 부대들을 살펴보며 물었다.

"장군께선 전투가 참호전으로 흐를 거라 보십니까?"

"우선은."

"그렇다면 기병용 말뚝을 박은 목책이 더 안전하지 않겠습니까?"

부관의 질문에 김완은 고개를 저었다.

"목책은 만드는데 시간이 많이 걸린다. 그리고 목책을 빼앗기면 오히려 적에게 방어할 거점을 주는 것이니 좋지 않다."

그 말에 부관이 그제야 이해했다는 듯 고개를 끄덕였다.

"후퇴까지 염두에 두시는군요."

"아느냐?"

"무엇을 말입니까?"

"주상전하께서 장수들에게 귀가 닳도록 하시는 말씀이 있다."

부관이 김완을 보며 물었다.

"계획은 최악을 가정해 세운다는 말씀 말입니까?"

"맞다."

대답한 김완이 손가락으로 연대본부가 있는 언덕을 가리켰다.

"이 주위엔 원형으로 목책을 세우는 중이다. 소리가 들리느냐?"

김완의 말에 부관이 미간을 좁히며 귀를 기울였다.

잠시 후, 도끼로 나무 찍는 소리가 메아리처럼 들렸다.

"예, 들립니다."

"저 원형진이 우리의 최후 보루다. 외곽에 목책을 세우기엔 시간이 부족하지만 안쪽은 제 시간에 완성할 수 있을 것이다."

부관, 남이흥(南以興)은 김완의 지도를 받아 빠르게 성장했다.

이처럼 연대 부관 남이흥과 1연대 1대대 1중대장 정충신과 같은 젊은 장교들은 조선군의 차세대 주역이 되기 위해 차근차근 성장 중이었다. 언제까지 권율과 이순신에게만 의지할 수 없었다. 당연히 그 뒤를 바칠 인재가 필요했는데 다행히 조선에는 인재들이 적지 않아 미래가 밝은 편이었다.

그 날 오후.

이케다 나가요시가 이끄는 3천 병력과 그 뒤를 받치기로 한 요시다의 3천 병력이 1연대 남쪽과 동쪽 진채를 선공했다.

이케다 나가요시는 데루마사에게 인상적인 모습을 보여주고 싶었는지 처음부터 기병부대를 앞세운 돌격전을 감행했다.

대 기병용 목책이나, 말뚝이 보이지 않으니 기병이 제격이었다.

한편, 김완은 언덕 위에 올라가 자신의 병력을 지휘했다.

사실 지휘랄 게 딱히 없었다.

참호 속에 들어가 적을 막아내는 게 그가 만든 작전이었다.

훗날 호키의 혈전이라 불리는 전투의 시작이었다.

1대대 1중대장 정충신은 참호 속에 웅크리고 있었다.

시간이 부족해 참호는 그리 깊지 않았다.

참호 앞에 흙 포대 높게 쌓아놓긴 했지만 기병을 막을 만큼 높지 않았다. 정충신은 고개를 들어 동쪽 지평선을 보았다.

뿌연 먼지가 뭉게구름처럼 피어올랐다.

바람이 거의 없는 여름에 먼지가 구름처럼 이는 것은 두 가지 경우 중 하나였다. 하나는 엄청나게 많은 가축과 짐승이 이동 중일 때였다. 다른 하나는 사람들이 이동할 때였다.

지금은 후자에 해당했다.

수백 기가 넘는 기병이 전속력으로 1대대를 향해 달려들었다.

미친 황소가 꼬리에 불을 매단 듯 속도가 점점 더 빨라졌다.

이젠 시각이 아니라, 감각으로도 적의 접근을 알 수 있었다.

마치 수만 명이 동시에 발을 구르는 거처럼 지면이 일정한 간격으로 요동쳤다. 정충신은 눈앞의 흙이 살짝 떠올랐다가 가라앉는 모습을 보았다. 적이 멀지 않다는 의미일 것이다.

"휴우."

참았던 숨을 길게 내쉰 정충신은 옆으로 고개를 돌렸다.

중대 막내가 긴장한 기색으로 참호 밖을 응시하는 중이었다.

"떨리느냐?"

정충신의 질문을 받은 막내가 어깨를 쭉 폈다.

"하나도 무섭지 않습니다."

그러나 대답과는 달리 얼굴에는 긴장감이 가득했다. 정충신이 막내의 입장이었다고 해도 긴장을 감추지 못했을 것이다.

상대는 기병이었다.

보병에게 기병은 언제나 두려움의 대상이었다.

기병, 아니 기병이 탄 군마가 주는 충격량은 공포 그 자체였다.

현대라면 길을 걷다가 트럭에 부딪치는 충격일 것이다.

동서고금을 막론하고 지휘관의 가장 큰 걱정은 기병이었다.

아군이 훌륭한 기병부대를 소유하고 있다면 그것보다 든든한 게 없을 것이다. 그러나 적이 아군보다 훌륭한 기병부대를 소유하고 있다면 그것만큼 끔찍한 일도 없을 것이다.

기병을 막기 위한 방책은 기갑이 등장하는 20세기 초반까지 계속 연구되었다. 그러나 임시방편이었을 뿐, 진정한 해결책은 되지 못했다. 정충신은 모습을 드러낸 적의 기병부대를 보며 다시 한 번 조선의 대 기병용 전술을 떠올려 보았다.

고개를 돌린 정충신이 중대 막내에게 말했다.

"걱정마라. 저 놈들의 기병은 절대 참호를 넘지 못한다."

그때였다.

적 기병부대가 어느새 코앞에 다가와 있었다.

마갑을 씌운 군마가 연신 뿜어내는 콧바람이 느껴질 정도였다.

"준비!"

정충신의 외침에 병사들이 일제히 참호 속에 몸을 엎드렸다.

오직 정충신만이 참호 밖으로 얼굴을 드러낸 채 기병을 관찰했다. 정충신은 바짝 말라붙어 찢어지기 시작한 입술에 침을 발랐다. 마치 불에 덴 거처럼 짜릿한 통증이 밀려왔다.

"점화!"

정충신의 두 번째 외침이 들리는 순간.

참호 속에 엎드려있던 병사들이 손에 쥔 도화선에 불을 붙였다.

치이익!

매캐한 화약 내음이 코를 찔렀다.

이제는 마치 친구처럼 익숙해진 냄새였다.

불이 붙은 도화선이 빠른 속도로 타들어가기 시작했다.

정충신은 다시 한 번 마른 입술에 침을 발랐다.

그만큼 긴장되는 순간이었다.

머릿속으로 기병의 속도와 도화선이 타들어가는 속도를 계산한 것만 수십 번이었다. 두 가지 속도를 잘못 계산할 경우, 기병이 도착하기 전에 용염이 먼저 폭발하거나, 아니면 기병이 참호를 뛰어넘은 후에 용염이 폭발할 위험이 있었다.

두 가지 다 최악의 경우였다.

다행히 정충신의 계산은 정확히 맞아떨어졌다.

기병이 용염지대에 들어서는 순간에 맞춰 폭발이 일어났다.

정충신은 역풍에 말려들지 않기 위해 참호 속으로 몸을 던졌다.

그로부터 찰나의 시간이 지난 후.

콰콰콰쾅!

풀로 가려놓은 용염이 폭발하는 순간, 그 일대 전체가 뒤집어졌다. 바닥에 있던 흙과 돌이 위로 수 미터, 옆으로 수십 미터까지 날아갔다. 그리고 그 폭발현장의 한가운데 있던 적 기병부대는 사방에서 날아든 화염과 충격에 휩쓸렸다.

군마는 군마대로, 기병은 기병대로 찢겨 날아갔다.

용염 열 개가 동시에 폭발하며 만든 위력은 그야말로 엄청났다. 참호 속에 엎드려있던 병사들은 바닥에서 올라오는 충격에 이리저리 흔들렸다. 마치 지진이 일어난 것 같았다.

정충신은 흔들리는 몸과 정신을 다잡으려 노력했다.

어설프게 쌓은 참호가 흔들리며 흙이 폭우처럼 쏟아져 내렸다. 참호 앞을 막으려고 쌓아놓은 흙 포대가 흐트러져 있었다.

용염의 폭발이 만든 충격의 여파가 서서히 가시는 순간.

참호 밖으로 얼굴을 내민 정충신이 명을 내리기 위해 입을 벌렸다. 그러나 참호 위에서 흘러내리던 흙이 입에 들어갔는지 목이 따가웠다. 몇 차례 컥컥 거린 정충신은 다시 배에 힘을 주었다. 이 혼란 속에서 정확한 지시를 내리려면 목청이 아주 커야했다. 간부들이 괜히 복식호흡을 연습하는 게 아니었다. 수십 가지의 소음으로 가득한 전장에서 제대로 된 지시를 내리려면 병사보다 목청이 훨씬 커야했다.

"1중대 사격준비!"

정충신의 배에서부터 올라온 소리가 1중대가 막고 있는 참호 300미터 전체에 메아리처럼 퍼져나갔다. 참호 속에 웅크린 채 죽은 듯이 있던 병사들이 그제야 철모와 옷에 묻은 흙과 먼지를 털어냈다. 그리곤 먼지가 들어가지 않게 총구를 봉해두었던 용아를 꺼내 참호 앞 흙 포대 사이에 끼웠다.

사격을 잘하는 방법은 의외로 간단했다.

몸의 움직임을 최소한으로 줄이는 것이다.

기계처럼 움직임이 전혀 없다면 이상적인 사격자세였다.

그러나 인간이 숨을 쉬는 동물인 이상, 움직임을 줄이는 게 쉽지 않은 게 사실이었다. 사람은 호흡을 할 때마다 몸이 조금씩 움직였다. 그리고 그 움직임은 총에 영향을 주었다.

그래서 나온 게 삼각대와 같은 지지대였다.

삼각대를 이용하면 반동을 반으로 줄일 수 있었다.

그렇다고 총구를 지지하는데 꼭 삼각대를 이용할 필욘 없었다.

흔들림이 전혀 없는 물체면 뭐든 상관없었다.

1중대에게 흙 포대는 그런 물체였다.

흙 포대 위에 총구를 내린 병사들은 먼지가 걷히길 기다렸다.

마치 사람의 혼령처럼 한데 뭉쳐 절대 흩어지지 않을 것 같던 검은 먼지가 서서히 가라앉기 시작했다. 하늘에 떠있는 것 중에 해와 달, 그리고 별을 제외한 모든 것이 언젠간 땅으로 떨어지기 마련이었다. 물론, 별도 가끔 떨어졌다.

먼지가 가라앉으며 드러난 풍경은 엉망이었다.

그 말 외엔 다른 수식어가 필요 없었다.

군마와 사람이 한데 엉켜 여기저기 너저분하게 널려있었다.

피를 철철 흘리며 전장을 뛰어다니는 군마가 몇 마리 보였다. 그리고 고통에 못 이겨 비명을 지르는 적이 아주 많았다.

팔이 잘린 적은 멍한 얼굴로 가운데 서 있다가 주인을 잃은 말에 채여 옆으로 날아갔다. 용염 안에는 화약만 들어있지 않았다. 용염 안에는 손톱 크기의 쇠구슬이 들어있었다.

용염 하나에 쇠구슬이 수백 개가 들어가니 열 개의 용염이면 그 일대에 뿌려진 쇠구슬의 양이 수천 개라는 소리였다.

빗나간 쇠구슬도 많지만 인마에 박힌 쇠구슬도 많았다. 엄청난 속도로 날아든 쇠구슬이 사람의 머리를 깨트리고 팔과 다리를 날려버렸다. 산자가 죽은 자를 부러워할 지경이었다.

이 모두 용염의 위력이었다.

지뢰로 사용하는 용조는 땅에서 폭발하기 때문에 그 폭발력이 강하지 않았다. 주변에 있는 흙이 충격을 흡수하는 것이다.

그러나 용염은 이를 테면, 가진 힘을 공중에 온전히 뿜어낼 수 있는 무기였다. 공중의 공기가 어느 정도 힘을 감소시키겠지만 미미한 수준이었다. 그야말로 엄청난 위력이었다.

정충신은 적 기병부대의 반응을 살폈다.

절망, 비참, 당황, 경악과 같은 감정들이 소용돌이쳤다.

그러나 적은 시정잡배들이 아니었다.

3분의 1로 줄어든 기병부대를 다시 수습해 진격하기 시작했다.

다 죽더라도 임무는 포기할 수 없는 모양이었다.

다시 한 번 말 달리는 소리가 전장을 혼돈 속으로 몰아넣었다.

"발사!"

정충신의 외침이 끝나는 순간.

흙 포대 위에 올라가 있던 용아의 총구가 펄쩍 뛰어올랐다.

탕탕탕탕!

수십 발의 총성이 울리며 돌진해오는 적 기병부대를 덮쳤다.

1중대가 시작이었다.

좌우에 있던 2중대와 3중대, 5중대도 사격을 개시했다.

귀청을 찢을 것 같은 용아의 총성이 지겹도록 들려왔다.

정충신은 허리에 찬 용미를 뽑았다.

혼자 살아남은 적 기병이 그가 있는 참호를 향해 달려왔다.

머리엔 화려한 장식 투구를 착용했다. 그리고 허벅지까지 내려온 가슴갑옷은 햇빛을 받을 때마다 구리 빛으로 반짝였다.

두 발로는 연신 군마의 말배를 걷어찼으며 오른손에는 날카로운 날이 달려있는 단창이 들려있었다. 괴성을 지르며 단기필마로 달려오는 모습에선 일종의 비장미마저 느껴졌다.

정충신은 뽑아든 용미로 하늘을 겨누었다.

그리곤 힘을 빼며 천천히 내려 적 기병의 가슴을 겨누었다.

탕!

용미가 반동으로 튀어 오르는 순간.

적 기병의 몸이 뒤로 젖혀졌다.

그러나 말에서 떨어지지는 않았다.

악착같이 버티던 그는 결국 참호 바로 앞까지 이르렀다.

그리곤 오른손의 단창을 치켜들어 서있는 정충신을 찔러왔다.

탕탕탕!

용아의 총성이 들려옴과 동시에 적 기병의 움직임이 멈췄다. 양쪽에서 날아든 탄환에 번쩍거리던 갑옷이 빛을 잃었다.

말 위에서 굴러 떨어진 적 기병은 단창을 지팡이삼아 다시 일어나려하였다. 그러나 그게 다였다. 다시 고꾸라지더니 움직이지 않았다. 비장한 돌격이었으나 정말 그게 다였다.

이케다 나가요시가 자랑하던 기병대는 참호에 도착조차 못했다.

보통 사람이라면 그 모습을 보고 싸울 의욕을 잃었을 것이다.

그러나 이케다 나가요시는 그렇지 않았다.

오히려 보병부대를 직접 이끌고 참호를 향해 진격해 들어왔다.

형 이케다 데루마사에게 한 말이 있어 그런지 물러설 생각이 전혀 없어보였다. 정충신 역시 두 번째 전투를 준비했다.

이번에는 보병과의 전투였다.

"죽폭을 충분히 쟁여둬라!"

"예!"

"백병전이 벌어질지 모른다! 총검을 몸 가까운 곳에 두어라!"

"예!"

정충신은 대답하는 부하들을 보며 자기 마음을 다잡았다. 병사들이야 누가 시키지 않아도 알아서 잘 할 사람들이었다. 그리고 그 병사들을 단속하는 부사관 역시 믿음직했다.

군문에 든 시간으로 따지면 정충신은 중간에 해당했다.

심지어 중대 부사관 중에는 임진왜란 때 이혼의 근위군
이나, 권율, 김시민, 황진과 같이 싸운 역전의 용사마저 있
었다.

노련한 부사관들의 눈에는 자신이 어린애처럼 보일 것
이다.

군대에서는 계급보다 우선하는 게 복무기간이었다.

사단장이라고 해서 소위보다 계급이 낮은 주임원사에게
심하게 대할 수 없는 것이다. 장군들도 주임원사가 나라를
위해 복무한 기간을 존중하는 것이다. 물론, 도시전설처럼
갓 부임한 소위가 주임원사나, 행정보급관에게 반말하는
경우가 있다지만 실제로 그런 일은 없다고 보는 게 맞을
것이다.

그리고 만약 그런 일이 실제로 일어난다면 그 소위는 상
급자, 즉 중위나, 대위에게 지독한 대우를 받을 수밖에 없
었다.

장교와 부사관의 사이가 틀어지면 고통을 받는 것은 오
히려 장교 쪽이었다. 장교는 결과에 책임을 져야하는데 부
사관과의 관계가 틀어지면 결과가 좋게 나올 리 없는 것이
다. 그러니 장교와 부사관은 상급자와 하급자라기보다 상
부상조하는 관계에 가까웠다. 만약, 이를 모르거나, 오판
하는 장교가 있다면 그가 지휘하는 부대는 개판이 되고 말
것이다.

정충신 역시 그 점을 잘 알았다.

정충신은 초급 장교들이 범하는 우를 범하지 않았다.

다 모리군과의 전투에서 죽은 중대장이 가르쳐준 것들
이었다.

부사관들 덕분에 1중대의 준비는 완벽했다.

이제 적을 맞을 차례였다.

이케다 나가요시가 직접 이끄는 3천 병력이 1대대가 지
키는 곳으로 돌격해왔다. 그리고 이케다 데루마사가 보낸
요시다의 3천 병력은 2대대가 지키는 전선을 향해 진격해
왔다.

"발사!"

정충신의 명이 떨어지기 무섭게 용아가 불을 뿜었다.

수십 정의 용아가 일제히 발사한 탄환이 적 가운데를 갈
랐다.

미친 사람처럼 달려들던 적 수십 명이 바닥을 굴렀다.

그 중 일부는 비척거리며 일어나 다시 달리기 시작했지
만 대부분의 적은 바닥에 쓰러져 두 번 다시 일어나지 못
했다.

"재장전!"

정충신의 명에 용아를 쏘았던 병사들이 노리쇠손잡이를
잡아 뒤로 당겼다. 철컥 소리가 나며 약실이 밖으로 드러났
다. 그리고 그 안에 든 빈 탄피를 꺼내 바지 주머니에 넣었다.

병사들은 손에 묻은 흙을 털어낸 다음, 탄띠 탄입대를 열어 새 탄환을 꺼냈다. 구리로 만든 유선형 탄환이 번쩍 거렸다.

"서둘러라!"

"꾸물거리지 마라!"

"늦으면 네 놈들이 먼저 죽는다!"

부사관들의 재촉에 병사는 손에 쥔 새 탄환을 약실에 장전했다. 그리곤 노리쇠손잡이를 옆으로 눕혀 앞으로 밀었다.

철컥!

약실 폐쇄돌기에 탄환이 물리는 소리가 들렸다.

장전이 끝난 것이다.

손이 빠른 이는 10초 안에 재장전이 가능했다.

"발사!"

정충신의 목소리가 다시 한 번 1자로 늘어선 참호를 갈랐다.

탕탕탕탕!

용아의 총성이 어지럽게 들렸다.

첫 번째 사격은 거의 동시에 이루어졌다.

장전한 상태로 기다리다가 발사했기 때문이었다.

그러나 두 번째 사격은 중구난방으로 이어졌다.

손이 빠른 이는 빠른 대로, 느린 이는 느린 대로 장전을 마쳤다.

두 번째 사격이 끝났을 무렵.

적은 종전보다 더 큰 피해를 입었다.

거리가 가까웠던 탓이다.

정충신은 만족하지 않았다.

곧장 세 번째 사격을 명했다.

세 번째 사격은 두 번째 사격보다 더 오래 이어졌다.

능숙한 사수와 그렇지 못한 사수 사이에 간격이 커진 것이다.

세 번째 사격마저 끝나는 순간, 적은 참호 10여 미터 앞에 도착해 있었다. 세 번의 사격이었다. 1중대 백여 명이 전원 발사에 성공했다면 3백 여발의 탄환이 날아갔다는 말이었다.

1대대 전체로 따지면 1천발이 넘는 탄환이었다.

그러나 그 중 8할은 허공이나, 땅에 가서 박혔다.

빗나갔다는 말이었다.

그리고 맞힌 2할 중 같은 적에게 날아간 탄환도 제법 있었다. 수학적으로 따지면 백발의 탄환이 성공했다는 말이었다.

엄청 적은 거처럼 보이지만 실제론 엄청나게 높은 명중률이었다. 현대전쟁에서 소총은 보조무기였다. 현대전쟁에서 적을 실제로 쓰러트리는 무기는 공군, 기갑, 보병지원화기였다.

적은 백여 명의 사상자를 들판에 남긴 채 계속 전진해왔다.

적은 이제 코앞에 있었다.

정충신이 팔을 크게 휘두르며 소리쳤다.

"죽폭을 던져라!"

그 말에 불이 붙은 죽폭 수십 개가 유탄처럼 쏟아져 내렸다.

콰콰콰쾅!

용염보단 못하지만 그래도 귀청을 찢는 폭음과 함께 죽폭이 폭발했다. 죽폭에 든 쇳조각이 사방 수십 미터를 휩쓸었다.

참호에 접근해 마음 놓았던 적은 다시 한 번 커다란 피해를 입었다. 오히려 용아보다 죽폭에 당한 적이 훨씬 많았다.

이어진 네 번째 사격.

적이 다시 한 번 더 바닥을 굴렀다.

3천이던 적이 갈수록 줄어들었다.

참호에 도착하기도 전에 거의 2할이 죽거나, 다쳤다.

두 번째 죽폭이 날아갔다.

이번에는 참호 바로 앞에서 터진지라, 병사들이 몸을 숙였다.

참호 위로 죽폭에 든 쇳조각이 씽하는 소리를 내며 지나갔다.

미처 몸을 숙이지 못한 병사 몇 명이 쇳조각에 찔려 뼈가 없는 생물처럼 참호 안으로 쓰러졌다. 생각지 못한 피해였다.

"착검!"

죽폭의 잔향이 남아있는 가운데 정충신의 고함소리가 들렸다.

병사들은 용아의 총구에 총검을 끼웠다.

그리고 참호를 넘으려는 적에게 힘껏 찔러갔다.

푹!

총검이 적의 단단한 갑옷에 막혀 더 이상 들어가지 않았다.

병사들은 용아를 회수해 빙글 돌렸다.

그리곤 개머리판으로 다시 적의 얼굴을 찍어갔다.

콰직!

얼굴이 부서진 적이 피를 쏟아내며 넘어갔다.

급박한 보고가 이어졌다.

"1소대 참호에 적 진입!"

그 말에 정충신이 급히 고개를 왼쪽으로 돌렸다.

1소대가 있던 참호에서 백병전이 진행 중이었다.

정충신의 고개가 반대방향으로 돌아갔다.

다른 소대 역시 급박한 상황이었다.

참호전으로 흐를 경우, 1중대 역시 피해가 커질 게 분명했다.

정충신의 고개가 뒤로 휙 돌아갔다.

참호에서 서쪽으로 1, 2백 미터 떨어진 지점이었다.

"아직 입니까?"

정충신의 물음에 옆에 있던 부사관이 물었다.

"저에게 하신 말씀입니까?"

"아니오."

고개를 저은 정충신은 부사관의 어깨를 두드렸다.

"참호에 들어온 적부터 막읍시다!"

"예, 중대장님!"

정충신은 1소대 쪽으로 움직였다.

시간이 부족해 제대로 된 교통로를 만들지 못했다.

여기저기 무너진 곳을 재주넘기하듯 넘어가니 1소대가
보였다.

"으아아!"

정충신은 자기에게 달려드는 적에게 용미를 겨누었다.

탕!

용미가 들리는 순간, 적이 피를 뿌리며 넘어갔다.

그때, 두 번째 적이 정충신의 옆구리를 찔러왔다.

정충신은 용미를 장전할 틈이 없어 반대쪽 손에 든 용아
를 후려쳤다. 캉하는 소리가 울리더니 적의 왜도가 빗나갔
다.

정충신은 용미로 왜도를 쥔 적의 손을 내리쳤다.

콰직!

손목뼈가 부러졌는지 적의 오른손이 덜렁거렸다.

그러나 적은 포기하지 않았다.

온전한 팔뚝으로 정충신의 허리를 감아 쓰러트리려고 하였다.

정충신은 용아의 개머리판으로 적의 등을 내리쳤다.

퍽퍽!

개머리판이 등에 떨어질 때마다 적의 몸이 움찔거렸다.

허리를 껴안은 적의 팔이 조금 느슨해졌다.

정충신은 두 팔로 허리를 감은 적의 팔을 떼어냈다.

그리곤 가슴을 걷어찬 다음, 용아로 적의 가슴을 곧장 겨눴다.

탕!

용아의 총성이 울리는 순간, 적이 신음을 토하며 나자빠졌다.

"헉헉."

숨이 가빠진 정충신은 적의 시신을 넘어 참호를 계속 달렸다.

그가 데려온 중대본부 병력이 위기에 처한 1소대를 구했다.

"3소대가 곤경에 처했습니다!"

중대 부사관의 보고에 정충신이 입술을 깨물었다.

위험했다.

이런 전투를 지속했다가는 중대의 생사가 위험했다.

정충신의 고개가 습관처럼 대대본부가 있는 서쪽으로
향했다.

"아직 인가?"

한편, 정충신이 쳐다보고 있던 대대본부에선 병사들이
바쁘게 움직이며 격전을 치루는 중대를 지원하기 위해 노
력했다.

1대대장이 지원화기중대 중대장을 불렀다.

"준비는 아직 인가?"

"거의 끝났습니다."

"우리 참호에 쏴선 안 되네."

"알고 있습니다."

"그럼 바로 지원 포격을 가하게."

"예!"

지원화기중대 중대장은 대대본부 옆으로 뛰어갔다.

눈 먼 조총 탄환 몇 발이 날아들었지만 그를 멈추게 하
진 못했다. 그리고 조총 탄환에 맞더라도 당장 죽지는 않
았다. 물론, 운이 나빠 요처에 직격당하면 죽겠지만 그런
일은 없을 것이다. 조총으로 150미터 거리에 있는 그를 저
격하려면 하늘이 적을 돕거나, 아니면 사격의 신이어야 가

능했다.

흙 포대를 둥그렇게 쌓아놓은 참호에 도착한 지원화기 중대 중대장이 안으로 들어가 대기하고 있던 부하들에게 물었다.

"준비는 끝났겠지?"

"예."

"그럼 쏴라! 아군은 맞히지 말고!"

"예!"

대답한 부하들이 궤짝에 든 완구 포탄을 꺼냈다.

잘생긴 생선처럼 생긴 유선형 포탄이었다.

앞에는 뾰족했고 뒤에는 생선의 지느러미처럼 날개가 있었다.

구조로 들어가 보면 앞에는 신관이 뒤에는 작약이 들어 있었다.

장약을 이용해 날려 보내면 하늘로 솟구쳤다가 지상으로 떨어지는데 지면에 부딪치는 순간, 신관이 작동해 폭발했다.

지원화기중대 병사들이 10여 기의 소완구에 포탄을 넣었다.

뽕!

경망스러운 소리와 함께 날아오른 소완구탄이 점으로 변했다.

9장. 강행군

光海君

9장. 강행군

　지금 시대 사람들은 중력(重力)의 개념을 모른다.

　하늘로 무언가를 던지면 그게 힘이 다해 다시 떨어진다
는 사실은 알지만 그 원인이 중력이라는 것을 모른다는 말
이다.

　물론, 지금도 질량이 무거운 물체가 다른 물체를 끌어당
기는 힘, 즉 만유인력이나, 중력이 왜 생기는지는 밝혀내
지 못했다.

　아이작 뉴턴이 태어나기 전인 지금은 아리스토텔레스의
고전과학이 주류를 이룰 시기인지라, 자연의 섭리로 이해
했다.

　사실, 자연의 섭리도 어느 정도 맞는 말이다.

어쨌든 소완구 포구에서 하늘로 날아오른 소완구탄은 직사포에 가까운 대롱포와 달리, 하늘을 뚫을 듯 높이 치솟았다.

그러나 소완구탄이 가진 추진력이 다하는 순간.

지상으로 추락하기 시작했다.

다행히 아군 참호에 떨어지지는 않았다.

참호를 통과해 그 앞에 있는 왜군 머리 위에 작렬했다.

콰콰쾅!

소완구탄의 크기는 작지만 위력은 그렇게 적지 않았다.

신관이 지면과 충돌하는 순간, 폭음을 내며 산산조각으로 찢어졌다. 그리고 그 파편이 사방으로 비산해 피해를 입혔다.

참호를 공격하던 이케다군은 머리 위에서 떨어지는 소완구탄 세례에 크게 당황했다. 정찰을 통해 화포가 없다는 사실을 알아냈는데 생각지도 못한 포탄 세례가 날아든 것이다.

적은 소완구탄을 피하기 위해 참호와의 거리를 벌렸다.

그러다보니 자연히 참호 안에 들어온 적이 고립되는 결과가 일어났다. 정충신은 부하를 찌르려드는 적의 등에 총검을 찔렀다. 갑옷에 박힌 총검이 옆으로 미끄러졌다. 그러나 물러서진 않았다. 정충신은 적의 얼굴에 개머리판을 찍어갔다.

콰직!

코가 엉망으로 부서진 적이 팔로 얼굴을 막았다.

정충신이 이내 총검으로 적의 목을 찔러갔다.

푹!

총검이 목에 박히며 소름 끼치는 소리가 들렸다.

총검을 비틀어 뽑은 정충신은 참호에 기대 쓰러지는 적을 잡아당겼다. 그리곤 그 안에 갇혀있던 부하를 밖으로 꺼냈다.

"괜찮은가?"

얼굴이 하얗게 질린 부하가 고개를 끄덕였다.

"괜, 괜찮습니다."

"잘 했다."

부하의 등을 두드려준 정충신은 병력을 지휘해 참호 안에 들어온 적을 몰살시켰다. 적은 처절히 저항하다가 죽어갔다.

그 날 전투는 그렇게 끝났다.

예상치 못한 소완구탄 세례에 겁을 먹은 적이 먼저 퇴각했다.

1대대의 승리였다.

참호를 재정비한 정충신은 2대대 소식을 기다렸다.

1대대가 이케다 나가요시의 병력과 겨루는 사이, 2대대는 이케다 데루마사가 보낸 가신 요시다의 병력과 사투를 벌였다.

"2대대 역시 적을 몰아낸 모양입니다."

전령의 보고에 긴장이 풀린 정충신은 참호에 등을 기대었다.

땀이 식었는지 얼음을 넣은 거처럼 등이 차가웠다.

한숨 돌린 정충신은 다시 바쁘게 움직였다.

부상병은 본부로 후송했다. 그리고 전사자는 가방에 넣어 옮겼다. 이번 전투로 1중대는 전사 7명, 중상자 9명이 생겼다.

이제 두 번째 전투일 뿐인데 벌써 병력이 3분의 1로 줄었다.

"휴."

한숨을 내쉰 정충신은 부서진 참호부터 먼저 보수했다.

초전에 패한 적은 이제 본격적으로 공격해올 게 틀림없었다.

정충신의 예측은 정확했다.

화가 난 이케다 나가요시는 형에게 병력 5천을 빌려 야간기습을 감행했다. 다행히 1연대 공병이 적이 오는 길목에 용조를 설치해준 덕분에 기습당하는 일은 일어나지 않았다.

자정에 시작된 야간전투는 새벽녘이 지나서야 끝났다.

이번에도 1연대의 승리였지만 병사들은 점점 지쳐갔다.

적은 차륜전을 하려는지 날이 밝기 무섭게 다시 공격을 해왔다.

그리고 이번 공격은 방어에 주력하던 이케다 데루마사가 직접 지휘하는 대규모 공격이었다. 2만에 가까운 적의 병력이 1연대가 지키는 방원진을 부수기 위해 총공격을 가해왔다.

난전이었다.

자존심을 세우려는 이케다군은 쉽게 물러서지 않았다.

연대장 김완은 연대가 가진 모든 화력을 쏟아 부었다.

지원화기중대가 가진 소완구 30문을 모두 동원해 포격했다.

그러나 30문으로 연대의 전선을 모두 엄호할 순 없었다.

이케다 데루마사는 화력이 비는 북서쪽에서 거꾸로 찔러왔다.

"적이 북서쪽에 병력을 대거 배치했습니다!"

전령의 보고에 김완이 급히 물었다.

"적이 몇 명이냐?"

"5천이 넘어 보입니다!"

"제길!"

입술을 깨문 김완이 부관 남이흥에게 지시했다.

"연대본부의 병력을 데리고 가서 그쪽에 있는 아군을 지원해라!"

"예!"

대답한 남이흥은 필수인원을 제외한 나머지 인원을 데리고 북서쪽으로 달렸다. 북쪽을 지키는 부대는 3대대였다. 그리고 서쪽을 지키는 부대는 5대대였다. 그 두 개 대대는 다른 대대보다 전투력이 떨어져 후방에 배치했는데 이케다 데루마사가 약점을 바로 찔러온 것이다. 만만치 않은 적이었다.

남이흥이 도착했을 때 적은 이미 3대대를 구축한 상태였다.

참호를 버린 3대대가 원진 안으로 퇴각 중이었다.

방원진을 구성하던 방진 한쪽이 먼저 무너진 것이다.

남이흥은 이를 악물었다.

지금 방진이 무너지면 진형 전체가 같이 무너질 수밖에 없었다.

무너진 곳으로 적이 뛰어 들면 다른 방향의 방진을 공격하는 게 가능해졌다. 참호를 고수할 수가 없게 되는 것이다.

남이흥이 퇴각하는 3대대 쪽에 달려가 병사를 붙잡고 물었다.

"대대장님은 어디 계시느냐?"

겁을 먹은 병사는 그저 도망치는 데에만 정신이 팔려있었다.

남이흥이 병사의 뺨을 올려붙이며 물었다.

"정신 차려!"

뺨에 손자국이 난 병사가 그제야 물어보는 사람이 누군지 알아본 듯 급히 몸을 추스르며 대답했다. 병사의 말에 따르면 3대대장은 적의 조총에 맞아 생사가 불확실한 상태였다.

"빌어먹을!"

남이흥은 도망치는 병사들을 다시 참호 쪽으로 밀었다.

그리곤 자기가 데려온 병력과 함께 참호를 넘는 적을 막았다.

탕!

용아를 쏘니 참호 위에 서있던 사무라이가 뒤로 넘어갔다. 그 사이, 재빨리 달려간 남이흥은 참호 속으로 몸을 날렸다.

거의 구르다시피 하여 참호 속에 뛰어든 남이흥은 몸을 세움과 동시에 옆으로 피했다. 적의 왜도가 참호 벽을 긁었다.

남이흥은 착검한 용아로 적의 겨드랑이를 찔렀다.

푹!

살을 파고드는 섬뜩한 느낌이 손에 전해졌다.

그때였다.

잠시 멈칫한 적이 왜도로 남이흥의 목을 베어왔다.

남이흥은 급히 떨어지려했으나 옆구리에 박힌 용아가
빠지지 않았다. 아무래도 갈비뼈처럼 단단한 곳에 끼인 듯
했다.

"아!"

남이흥이 눈을 질끈 감는 순간.

탕하는 총성과 함께 왜도를 쥔 적이 벌렁 넘어갔다.

이마에 총알자국이 선명했다.

고개를 돌린 남이흥은 총을 쏴서 자신을 구해준 사람을
찾았다.

방금 전 그가 뺨을 올려붙인 그 병사였다.

남이흥은 그 병사가 다시 돌아오리라곤 생각지 못했다.

겁을 집어먹은 병사의 눈에서는 투지가 보이지 않았던
것이다.

그러나 남이흥의 생각은 틀렸다.

병사는 다시 돌아왔다.

그리고 위험에 처한 그를 살려주었다.

숨을 헐떡이던 병사가 물었다.

"괜, 괜찮으십니까?"

"자네가 내 목숨을 구했군. 고맙네."

"아, 아닙니다."

"거기 서있으면 위험하니까 어서 내려오게."

남이흥이 병사를 참호 쪽으로 끌어내리려는 순간.

조총 탄환 10여 발이 주위를 갈랐다.

그리고 내려오던 병사의 몸이 크게 흔들렸다.

남이흥은 병사를 급히 참호 쪽으로 끌어내려 몸을 살펴보았다.

목과 가슴에 탄환을 맞아 이미 죽어있었다.

남이흥은 주먹으로 참호 벽을 내리쳤다.

그리곤 일어나서 불이 붙은 죽폭을 던지며 소리쳤다.

"죽어라! 이 개새끼들아!"

죽폭이 날아가 조총을 쏘던 적을 주저앉혔다.

도망치던 3대대 병사들이 하나둘 복귀해 남이흥을 지원했다.

남이흥은 등 뒤에 있던 무기를 뽑아 적을 겨누었다.

왜도와 장창을 든 적 서너 명이 참호 쪽으로 달려왔다.

탕!

무기가 불을 뿜는 순간.

참호에 거의 다다랐던 적 세 명이 동시에 쓰러졌다.

용두였다.

산탄총 역할을 하는 용두가 다시 모습을 드러낸 것이다.

남이흥과 같이 온 병사들이 각자 죽폭이나, 용두를 이용해 적을 공격했다. 잠시 치열한 백병전이 이어지는가 싶었지만 화력을 앞세운 조선군이 뺏긴 참호를 탈환하는데 성공했다.

남이홍의 분전으로 방진이 무너지는 것은 일단 막았다.

그러나 이는 미봉책에 불과했다.

적은 쉴 새 없이 공격해왔다.

지친 병사들은 더 빠르게 지쳐갔다.

곧 허점이 하나둘 드러났다.

1연대장 김완은 결국 최후의 명령을 내리는 수밖에 없었다.

"모두 원진으로 퇴각하라! 원진에서 적을 막을 것이다!"

김완의 명에 따라 방진에 있던 병사들이 원진으로 후퇴했다.

그러나 방진을 적에게 그냥 내어줄 순 없었다.

1연대가 가진 용폭과 용염을 방진의 참호 주위에 설치했다.

엄청난 양이었다.

들어간 화약의 양만 따져도 1톤을 훨씬 상회했다.

"폭파!"

명이 떨어지는 순간.

대기하던 폭파병들이 도화선에 불을 붙였다.

치이익!

불 뱀 수십 마리가 정사각형에 가까운 참호로 미친 듯이 기어갔다. 불 뱀은 먹잇감 앞에서 잠시 주춤하는가 싶더니 이내 대가릴 치켜 올렸다. 그리곤 바로 먹잇감을 물었다.

콰콰콰쾅!

먼저 폭발한 것은 용폭이었다.

용폭은 화력이 엄청나게 셌다.

그래서 용염보다 훨씬 안전해야했다.

적에게 쓰면 그보다 유용한 무기가 없지만 운반이나, 설치 중에 실수로 터트리는 날에는 그야말로 재앙이 따로 없었다.

용폭이 터지는 날에는 소대 하나는 우습게 날려버릴 수 있었다.

용폭이 폭발하며 화염과 엄청난 양의 열기를 발출했다.

그리고 그 화염과 열기는 감춰두었던 용염마저 점화시켰다.

콰콰쾅!

두 번째 폭발이었다.

사각형으로 이뤄진 방진의 참호 전체가 동시에 터져나갔다.

마치 참호 안에 용암이 흐르는 강이 생긴 듯했다.

더구나 용암은 화산이 폭발할 때처럼 끓어오르는 용암이었다.

그런 용암 앞에서 인간은 하찮은 존재에 불과했다.

용암에 휩쓸린 사람들은 비명조차 제대로 질러보지 못했다.

그저 휩쓸려 사라질 뿐이었다.

용폭과 용염을 연계해 만든 폭발에 적은 적지 않게 놀랐다.

아니, 경악했다.

두려움을 느꼈다.

적이 인간의 힘으로 이런 폭발을 만들어 낼 수 있을 거라고 생각해본 적이 전혀 없었다. 그야말로 미증유의 폭발이었다.

용염과 용폭을 설치한 조선군은 반대의 의미로 놀랐다.

자신들이 한 짓이 얼마나 엄청난 짓인지 다시 한 번 깨달았다.

폭발에 휩쓸린 적 수백 명이 새카맣게 타 나뒹굴었다.

그날 전투는 거기서 끝났다.

이런 상황에서 전투를 지속할 수 있을 만큼 강한 자는 없었다.

김완은 그 사이 원진에 있는 목책을 더 견고하게 만들었다.

그 날 밤을 지나, 새벽 동이 틀 때까지 나무 베는 소리가 끊임없이 들려왔다. 근처에 있는 나무란 나무는 모두 잘려나갔다. 그리고 그럴수록 목책의 두께는 점점 더 두꺼워졌다.

마치 갑옷 위에 철갑을 더 두른 거인 같았다.

***

이혼은 아침부터 통제영 대장선 선수에 나와 있었다.

이순신의 대장선이 다른 전선에 비해 훨씬 큰 지라, 더 멀리 볼 수 있었다. 산에 올라가면 더 멀리 볼 수 있는 이치다.

동쪽에서 막 떠오른 해가 붉은 광채를 흩뿌렸다.

대장선의 선수 역시 동백꽃이 핀 거처럼 온통 붉은색이었다.

그러나 이혼은 석상처럼 서서 움직이지 않았다.

이혼 앞에 아침을 맞이한 분주한 항구가 있었기 때문이었다.

오늘 새벽, 마침내 본진함대가 마쓰에항에 무사히 도착했다.

이혼이 탄 대장선이 가장 먼저 정박에 들어갔다.

어제 아침까지 마쓰에항구를 가득 메웠던 선발함대는 병력과 물자를 육지에 모두 쏟아낸 후에 오키섬으로 복귀했다.

어제 저녁 선발함대와 본진함대가 교차하는 모습은 참으로 장관이었다. 거의 천오백 척에 이르는 배들이 넓지 않은 바다에 모여 있었는데 지평선 끝까지 배의 향연이 이어졌다.

선발함대의 복귀속도는 출발 때보다 훨씬 빨랐다.

무거운 짐을 모두 내린 터라, 빠르게 움직일 수 있었다.

쿵!

닻을 내렸는지 바다 속 어딘가에서 육중한 음향이 들려왔다.

마쓰에항구를 살펴보던 이혼 옆으로 이순신이 다가왔다.

"정박이 끝났사옵니다."

"이제 내리면 되는 것이오?"

"그렇사옵니다."

이혼은 신세진 대장선을 잠시 둘러본 연후에 계단으로 향했다.

계단 앞에는 이미 기영도, 조내관 등이 나와 기다리고 있었다.

이혼은 계단을 이용해 부두로 내려갔다.

이혼이 혹시 바다에 빠질까봐 지켜보는 사람들이 조마조마한 표정으로 쳐다보았다. 물론, 그런 일은 일어나지 않았다.

부두에 내려선 이혼은 경직된 몸을 풀며 부두를 둘러보았다.

1사단과 함께 출발한 근위군 공병여단이 일을 잘했는지 커다란 부두 몇 개가 정박할 배들을 위해 이미 마련되어

있었다.

이혼은 1번 부두로 이름 지은 곳을 통해 해안으로 걸어 갔다.

요동치는 배 위에서만 있다가 딱딱한 바위긴 하지만 그 래도 땅을 밟으니 살 것 같았다. 그리고 미치도록 배가 고 팠다.

배를 탈 때는 하루에 죽 한 그릇으로 끼니를 때웠다.

모르긴 몰라도 체중이 5, 6킬로는 족히 빠졌을 것이 다.

물자가 부족해서 그런 것은 아니었다.

어차피 많이 먹어봐야 고기에게 밥 주는 용도밖에 되지 않았다. 대야에 게워내면 조내관이 얼른 가져다가 바다에 뿌렸다.

그러면 근처에 있는 고기들만 포식하는 것이다.

이혼은 부두를 책임지는 책임자를 불러 경과를 물었다.

책임자의 말에 따르면 1사단장 황진은 이틀 전 나머지 병력과 함께 갓산토다성으로 출발했다고 하였다. 그리고 오늘 새벽에 들어온 소식에 따르면 1사단 1연대가 호키에 서 적 3만 대군과 전투 중이라고 하였다. 국정원이 조사한 정보에 따르면 다른 영주들의 군대 역시 속속 도착 중이라 고 하니 1사단 1연대는 앞으로도 고생을 꽤나 해야 할 듯 싶었다.

이혼은 장산호의 포병연대를 먼저 상륙시키라 명했다.

지금 중요한 것은 1사단을 지원해줄 강력한 포병의 유무였다.

그 사이, 이혼은 마쓰에항에 세운 지휘막사에 들어가 휴식했다.

침상에 올라가 다리를 뻗으니 그제야 살 것 같았다.

저절로 눈이 감겼지만 잠을 자지는 않았다.

이대로 자버리면 언제 일어날지 가늠조차 되지 않았다.

조내관은 그 틈에 이혼이 일어나면 먹을 음식을 준비하기 시작했다. 이혼은 이번 원정에 왕실 숙수를 데려오지 않았다.

숙수를 데려오느니 차라리 병사 한명을 더 데려오는 게 낫다는 생각이 든 것이다. 그래서 이혼의 식사는 조내관이 책임졌다. 이혼은 식성이 까다롭지 않은 편이라, 병사가 먹는 군량을 같이 먹었는데 조내관은 그게 영 걸렸던 모양이었다.

지휘막사 앞에 화덕을 만들고 그 위에 솥을 걸어 죽을 끓였다.

말린 고기와 야채 등을 넣어 끓이니 냄새가 괜찮았다.

지나가던 병사들이 그 냄새에 이끌려 다가올 정도였다.

두 시간쯤 휴식을 취한 이혼은 조내관이 내온 죽을 먹었다.

비었던 속에 죽이 들어가니 그제야 정신이 드는 듯했다.

이혼이 휴식을 취하는 동안, 권율과 이순신은 바쁘게 움직였다.

두 사람의 나이를 생각해보았을 때 정말 믿을 수 없는 정력이었다. 오히려 체력보다는 정신력이 훨씬 강한 것 같았다.

권율은 이혼의 지시대로 포병을 먼저 내려 준비시켰다.

대룡포 한 문을 내릴 때마다 수십 명의 인력과 엄청난 무게를 지탱하는 기중기가 필요했지만 이혼 말대로 만 명의 병력을 지원하는 것보다 대룡포 열문을 지원하는 게 나았다.

한편, 이순신은 대장선에 남아 함대의 정박을 지휘했다.

우선 자신이 데려온 통제영 좌군 함대로 하여금 마쓰에항을 수비하게 하였다. 마쓰에항이 뚫리면 말 그대로 끝장이었다.

통제영 좌군 우후 이영남은 자신의 함대에 있는 전선 열 척으로 마쓰에항을 수비했다. 전선이 턱없이 부족했지만 한 척의 전투력이 만만치 않아 열 척으로도 방어가 가능했다.

마쓰에 앞바다에 방어망을 펼친 이순신은 본격적으로 하역에 나섰다. 병사들을 태운 수송선은 부두 안으로 들어오지 못하고 여전히 바깥에 있었다. 지금은 병사보다 화물이 더 중요했다. 화물을 실은 수송선들이 먼저 부두에 입항했다.

그 사이, 병력을 실은 수송선은 탈출용 사후선 등을 총동원해 육지에 병력을 계속 실어 날랐다. 사후선이 필요 없을 만큼 가까운 곳에 정박한 수송선의 병사들은 헤엄쳐 건넜다.

얼핏 난장판처럼 보이기도 했지만 이순신 등 노련한 장수들이 지휘하는지라, 그 안에는 우선순위와 질서가 공존했다.

하역작업은 밤낮을 가리지 않았다.

부두에 나와 있는 공병여단 소속 병사들, 그리고 조선에서 데려온 인부들, 기술자들, 장인들이 모두 하역작업을 도왔다.

마쓰에항은 마치 불야성처럼 불빛이 꺼질 날이 없었다.

적에게는 불빛이 조선군이 근처에 있다는 것을 알려주는 등대와 다름없어, 항구를 지키는 해병대는 긴장을 풀지 못했다.

다음 날 아침, 마침내 포병여단 1대대 30문의 대룡포가 하역을 마쳤다. 단순히 대룡포 30문만 옮긴 것은 아니었다. 대룡포 30문에 필요한 신용란을 포함해 각종 부속장비를 같이 하역했다. 또, 대룡포를 끌고 갈 말과 소를 같이 하역했다.

항해에 적응하지 못한 말과 소 수십 마리가 바다를 건너오는 동안 병들어 죽거나, 적응하지 못해 죽었다. 그러나 조선군은 죽은 짐승을 버리지 않았다. 모두 해체해 가죽은 가죽대로, 고기는 고기대로 이용했다. 죽은 짐승을 잡은 날에는 병사들에게 특별식으로 고기가 잔뜩 들어간 국이 나갔다.

살아남은 짐승들은 가혹하지만 다시 가축이 하는 일로 돌아갔다. 무거운 마구를 단 채 수 톤이 넘는 대룡포를 끌었다.

다음 날 오전, 이혼은 권율을 불러 물었다.

"병력은 얼마나 내렸소?"

"2사단 1, 2연대가 상륙을 마쳤사옵니다."

이혼은 만족한 얼굴로 명을 내렸다.

"그럼 우선 2사단 1, 2연대와 포병 1대대를 움직이는 게 좋겠소. 우리가 시간을 끌면 1사단 전체가 위험해질 것이오."

"그리하겠사옵니다. 하오면 출발시각은?"

"준비가 끝나는 대로 움직여야겠소. 국정원이 오늘 새벽에 보내온 정보에 따르면 적의 집결이 예상보다 더 빠른 듯하오."

"알겠사옵니다."

그로부터 1시간 후, 급히 준비를 마친 지원부대가 출발했다.

그리고 이번 지원부대 안에는 이혼이 포함되어 있었다.

권율이나, 이순신 등은 이혼이 다음 부대와 같이 움직이기를 원하는 것처럼 보였으나 이혼의 고집을 끝내 꺾지 못했다.

실질적인 지휘를 받은 2사단장 정기룡이 이혼에게 걸어왔다.

"출발하겠사옵니다."

"그리하시오."

이혼의 허락을 받은 정기룡이 말에 올라 소리쳤다.

"전 군 출발하라! 목표는 갓산토다성이다!"

"예!"

정기룡은 포병 1대대를 보호하기 위해 원형진을 선택했다. 중군에 포병을 두고 그 주위에 2사단 병력을 배치한 것이다.

물론, 포병 옆에서는 이혼이 금군의 호위를 받으며 움직였다.

정기룡이 떠나기 전, 권율이 찾아와 당부했다.

"포병은 잃더라도 전하를 잃어선 안 된다. 무슨 말인지 알겠지?"

"물론입니다."

고개를 끄덕인 정기룡은 이혼을 호위해 갓산토다성으로 향했다.

이 길을 간 조선군의 첫 번째 부대는 해병대였다.

악조건으로 가득한 행보였지만 해병대는 믿음에 보답해 주었다.

그리고 두 번째로 이 길을 지난 부대는 김완의 1연대였다. 해병대가 먼저 가서 길을 뚫어놓은지라, 속도는 빨랐지만 중간에 미마사카에서 급히 지원 온 모리 타다마사의 군대와 싸우는 등 우여곡절을 겪은 후에야 갓산토다성에 도착했다.

세 번째는 황진이 지휘하는 1사단 본대였다.

정기룡의 2사단 병력은 네 번째로 이 길을 지나는 셈이었다.

이제 마쓰에에서 갓산토다성으로 가는 길은 완벽했다.

해병대가 수백 미터마다 임시 초소를 건설해 통로를 방어했다.

초소가 지킬 수 없는 곳에는 용조와 용염을 설치했다.

근처에 사는 백성들은 거의 다 남쪽이나, 동쪽으로 도망간지라, 왜국 백성이 길에 들어왔다가 용조에 당할 일은 없었다.

펑!

길목을 감시하러왔던 적의 정찰부대가 용조를 밟아 산산조각 났다. 조선군은 부족한 병력을 화력으로 계속 보충했다.

해병대가 지키는 길목을 따라 갓산토다성에 무사히 도착한 지원부대는 성에 들어가 성을 지키는 해병대원을 만났다.

굶주렸을 그들을 생각해 마쓰에서 어렵게 가져온 고기를 하사했다. 해병대원들이 기뻐했음은 두말할 필요가 없었다.

이혼은 그 날 밤 갓산토다성의 임시 성주 방덕룡을 만났다.

"앞서 출발한 1사단장 황진장군은 언제 도착해 언제 떠났소?"

방덕룡이 한껏 예를 표하며 대답했다.

"소장이 알기론 어제 도착해 오늘 아침에 떠났사옵니다."

"그럼 황진의 부대는 1연대가 있는 호키에는 언제 도착하오?"

방덕룡이 참모와 논의한 후에 대답했다.

"빠르면 모레 저녁, 늦어도 글피 아침에는 도착할 것이옵니다."

"생각보다 두 곳이 가까운가보군?"

"그렇사옵니다, 전하. 이곳 이즈모의 갓산토다성과 호키 나카무라가문의 요나고성은 거리가 그리 멀지 않은 편이옵니다."

탁자에 놓인 지도에 시선을 주던 이혼이 다시 물었다.

"호키에 가있는 1사단 1연대의 소식은 계속 들어오고 있소?"

"예, 전하. 3시진마다 전령이 오고 있사옵니다."

방덕룡의 대답을 들은 이혼이 급히 물었다.

"최근에 들려온 소식은 무엇이오?"

"요나고성 앞에서 이케다 데루마사와 이케다 나가요시 형제의 3만 대군에 막혀 전투를 벌였사온데 첫 날에는 동생 나가요시가 지휘하던 6천 병력을 가볍게 격퇴했다고 하옵니다."

"오!"

감탄한 이혼이 고개를 돌려 반대편에 있는 정기룡에게 말했다.

"1사단 1연대장 김완이란 친구가 실력이 아주 좋은 모양이오."

"예, 젊은 친구인 모양인데 수완이 제법 좋은 것 같사옵니다."

정기룡의 담백한 성격이 대답에서도 바로 배어나왔다.

1사단과 2사단은 사실 근위군 내에서 경쟁관계라고 봐도 무방했다. 1사단과 2사단의 주축을 이루는 장교와 부사관, 병사들 중에는 이혼과 함께 임진왜란, 정유재란에서 싸운 고참 병사들이 많았다. 그래서 두 사단은 새로 편성한 다른 사단들과 달리 계속 경쟁을 해왔다. 그리고 그 경쟁하는 대상은 이혼이었다. 이혼에게 강한 인상을 남겨주기 위해 경쟁하는 것이다. 이를 테면 충성경쟁이라 할 수 있었다.

2사단은 그들이 선봉을 맡지 못한 것을 아주 분하게 여겼다. 만약, 그들의 사단 번호가 1이었다면 그들이 선봉에 섰을 거라 생각하는 이들이 많았다. 이런 지독한 경쟁관계는 훈련이나, 평가, 심지어 실전에서 서로 충돌하게 만들곤 하였다.

흥미로운 것은 1사단장 황진과 2사단장 정기룡의 성격이 거의 정반대라는 점이었다. 1사단장 황진은 추진력이 엄청났다. 가끔 그 추진력으로 인해 무리한 시도를 하긴 하지만 불가능처럼 보이는 적의 방어를 쳐부순 적이 꽤 많았다.

반면, 2사단장 정기룡은 담백, 냉정한 성격으로 이해득실을 따져가며 포기할 것은 포기하고 얻을 것은 얻는 성격이었다.

만약, 나라의 존망을 걸고 내보낼 대표 장수를 한명 골라야한다면 이혼은 황진이 아니라, 이 정기룡을 골랐을 것이다.

황진은 성공할 확률도 높지만 그 만큼 실패할 확률도 높았다. 반면, 정기룡은 성공할 확률이 실패할 확률보다 높았다.

이는 생각보다 큰 차이인 것이다.

크게 이길 때도 있고 크게 질 때도 있는 것과 작게 이기더라도 크게 지지는 않는 성격이 두 사람의 차이였던 것이다.

정기룡이 아니라, 다른 사람이었다면 1사단 1연대장을 칭찬하기보다는 자신의 사단에 있는 유망한 지휘관을 소개했을 것이다. 그러나 정기룡은 담백한 성격대로 솔직히 인정했다.

그때였다.

정기룡을 도와줄 생각이었는지 방덕룡이 대화에 끼어들었다.

"2사단에도 유망한 장수들이 있는 것으로 아옵니다."

방덕룡의 말에 이혼이 고개를 돌려 정기룡을 보았다.

"그렇소?"

"다들 고만고만하여 전하의 눈에 찰만한 이는 없사옵니다. 굳이 꼽으라면 1연대장 장만(張晩)이 그런대로 괜찮사옵니다."

정기룡이 그렇게 말했다면 장만의 재능이 엄청나다는 말이었다. 정기룡이 이렇게까지 칭찬한 사람은 없었던 것이다.

이혼은 호기심이 일었다.

"장군이 그렇게 말하니까 한 번 보고 싶구려."

"소장이 불러오겠사옵니다."

정기룡은 내관이나, 부하를 시키지 않고 자기가 직접 나섰다.

정기룡이 나간 후 이혼이 방덕룡에게 물었다.

"좀 전에 하던 이야기를 계속해보시오."

"호키 말이옵니까?"

"그렇소."

"오늘 새벽에 급히 보내온 소식에 따르면 그 이튿날, 이케다 데루마사가 직접 대군을 동원해 1연대를 공격한 듯하옵니다."

이혼이 급히 물었다.

"결과는?"

"외곽이 뚫리긴 했지만 안쪽 진채는 지켜낸 것으로 아옵니다."

한 번 더 고개를 끄덕인 이혼이 물었다.

"가장 최근에 들어온 소식은 무엇이오?"

"근처에 있는 영주들이 대군을 더 동원했단 소식이었사옵니다."

"으음."

이혼은 신음을 토해냈다.

1연대가 견디기에는 적의 수가 너무 많았다.

방덕룡이 수심에 잠긴 이혼의 얼굴을 보더니 급히 말을

보탰다.

"황진장군의 1사단 전체가 갔으니 그래도 할 만할 것이옵니다."

"그랬으면 좋겠군."

이혼이 대답할 때였다.

문이 삐걱 열리며 정기룡이 성큼 들어왔다.

그리고 그런 정기룡 뒤에는 눈에 익은 장수 한 명이 서 있었다.

정기룡이 그 장수를 이혼 앞에 데려왔다.

"정식으로 인사드리시게. 주상전하이시네."

장수가 앞으로 나와 군례를 올렸다.

"근위군 2사단 1연대장 장만이라하옵니다!"

이혼은 일어나서 장만의 군례를 받았다.

장만은 지휘관이라기보다는 문관에 더 어울리는 모습이었다.

군복이 어울리지 않는 사람은 별로 없었는데 장만은 마치 다른 사람 옷을 입고 온 사람처럼 어색하기 짝이 없었다. 또, 유약한 편이어서 거친 전장에서 살아남기 어려워 보였다.

다만, 그에게는 한 가지 아주 눈에 띄는 점이 있었다.

바로 눈빛이었다.

부드러워 보이는 눈빛이 아주 인상에 남았다.

그리고 그 부드러움 속에 강인해 보이는 의지가 섞여있었다. 휘어지는 한은 있어도 부러지지 않을 것 같은 사람이었다.

이혼은 그를 보며 지금 마쓰에 있는 권율이 문득 떠올랐다.

겉모습으로 사람을 판단하는 거처럼 어리석은 일은 없지만 장만이 잘만 성정한다면 차기 도원수감이란 생각이 들었다.

이혼은 말없이 고개를 끄덕이며 장만의 팔을 잡았다.

"신세질 일이 많을 것 같은데 앞으로 잘 부탁하네."

"성은이 망극하옵니다."

장만이 돌아간 후 이혼이 정기룡에게 말했다.

"과인의 눈에는 아주 괜찮아 보이는데 장군이 잘 가르쳐보시오."

"예, 전하."

이혼은 정기룡과 다음 날 일정을 상의한 다음, 휴식을 취했다.

마쓰부터 강행군을 해온지라, 피곤했다.

일찍 잠이 든 이혼은 다음 날 새벽 일찍 일어나 채비를 마쳤다.

2사단 병사들은 이미 밥을 먹고 출발 준비를 마친 상태였다.

묵롱 위에 오른 이혼이 지휘봉을 뽑아 휘둘렀다.

"출발하라!"

이혼의 목소리가 마치 돌림노래처럼 복창으로 이어졌다.

잠시 후, 갓산토다성에 웅크리고 있던 2사단이 움직이기 시작했다. 진형은 당연히 원형진이었다. 갓산토다성까지는 조선군이 장악했지만 지금부터는 사방에 적이 도사리고 있었다.

이혼은 포병여단 1대대와 같이 움직이며 사방을 유심히 살폈다.

적이 매복해있는 기미는 보이지 않았다.

선두에 있던 사단장 정기룡은 사단 수색대를 내보내 정찰했다.

정기룡의 성격이 워낙 꼼꼼한지라, 실수가 없었다.

마치 거미줄을 펴듯 이동하는 곳의 정세를 확실하게 파악했다.

새벽에 시작된 행군은 점심을 지나 저녁까지 계속되었다. 도보보다는 빠르고 달리기보다는 느린 속도였다. 포병이 있는 것을 감안하면 엄청난 속도로 움직이고 있는 셈이었다.

그 날 저녁, 정기룡이 중군에 돌아와 말했다.

"오늘은 노지(露地)에서 야숙을 해야 할 것 같사옵니다."

"알겠소."

이혼의 허락을 받은 정기룡은 부하들에게 야숙을 지시했다.

병사들은 바로 진채 외곽에 참호나, 목책을 세웠다.

그리고 그 외의 병사들은 급조한 화덕에 솥을 걸어 군량을 끓이기 시작했다. 곧 진채 곳곳에서 구수한 냄새가 풍겼다.

이혼은 고생한 묵룡에게 물을 끼얹어주었다.

시원한지 묵룡이 잇몸을 드러내며 장난을 쳤다.

묵룡이 씻고 남은 물로 간단히 씻은 이혼은 저녁을 들었다.

병사들과 같은 고기죽이었다.

한 그릇을 뚝딱 비운 이혼은 조내관이 마련한 처소에 들었다.

일국의 임금이 야숙할 수는 없는 일이었다.

조내관이 쳐둔 군막에 들어간 이혼은 나무 침상에 몸을 뉘였다.

풀벌레 소리가 시끄러워 잠이 오지 않았다.

그래도 내일 일찍 움직이려면 휴식을 취해둬야 했다.

말 위에서 조는 모습을 부하들에게 보여줄 순 없는 일이었다.

이혼이 억지로 잠을 청하려는 순간.

"적이다!"

군막 밖에서 들려온 소리에 벌떡 일어난 이혼은 소리쳐 물었다.

"무슨 일이냐?"

그 말에 금군 대장 기영도가 급히 들어와 보고했다.

"숫자를 알 수 없는 적이 야간기습 해왔습니다!"

"이런!"

이혼은 급히 철모와 방탄조끼를 착용했다.

그리고 놀라 들어온 조내관의 도움으로 칼과 용미를 착용했다.

"나가봐야겠다."

기영도가 말렸다.

"위험하옵니다."

"군막 안에서 타죽기는 싫소!"

소리친 이혼은 군막 밖으로 달려 나갔다.

사방에서 고함소리와 용아의 총성이 어지럽게 들려왔다.

불화살을 쏘았는지 진채 곳곳에 화염이 충천했다.

10장. 호기전투

光海錄

10장. 호키전투

이혼은 큰일이라는 생각이 들었다.

아무리 경험 많은 병사라 할지라도 화공을 동반한 야간 기습에는 취약할 수밖에 없었다. 이와 같은 야간기습에서는 적의 공격보다 아군의 대처 미비로 인해 입는 피해가 컸다.

그러나 조선군의 지휘관은 냉정한 정기룡이었다.

정기룡은 단숨에 전황을 파악했다.

"우왕좌왕하지 마라! 어차피 이 모두 훈련을 통해 예상했던 일들이 아니더냐? 경계를 맡은 인원은 외곽경계에 집중해라! 그리고 경계에 나서지 않은 인원들은 화재를 진압해라!"

우왕좌왕하던 병사들은 그제야 정기룡의 지시를 따랐다.

이는 병사들의 훈련 상태가 좋다는 말이었다.

잠시 후, 경계를 맡은 인원은 외곽 경계에 집중했다.

그 결과, 사방에서 들려오던 외침소리가 점점 줄어들었다. 정기룡의 예상처럼 적은 많은 숫자가 아니었다. 소수의 병력을 크게 보이기 위해 소리를 지르고 뿔피리를 불었던 것이다.

그 사이, 다른 병력들은 내부에 발생한 화재를 진압했다. 수백 명이 십시일반 도우니 군막을 태우던 불길이 점점 잡혀갔다.

정기룡은 진채를 돌며 병사들에게 긴장을 풀지 말라 명했다.

그러나 적의 기습은 더 이상 없었다.

조선군은 적의 기습을 경계하느라, 불침번을 포함한 병력 전원이 잠을 제대로 자지 못했다. 적의 의도가 통한 것이다.

다음 날 새벽.

이혼은 병사들이 지쳤다는 것을 알았지만 행군을 계속하라 명했다. 낮에 휴식을 취하는 것은 저들이 원하는 바였다.

행군이 정상궤도에 올랐을 무렵.

정기룡이 이혼에게 다가와 보고했다.

"아무래도 적은 우리의 행군 속도를 늦추려는 것 같사옵니다."

이혼은 묵룡의 갈기를 쓰다듬으며 고개를 끄덕였다.

"과인도 그렇게 생각하오. 그래, 적의 정체는 알아냈소?"

이혼의 질문에 정기룡이 표정을 알기 어려운 얼굴로 대답했다.

"곧 알 수 있을 거라 생각하옵니다."

"그 말은 준비가 어느 정도 되어있다는 말이구려."

"아직 확실한 것은 아니옵니다."

"알겠소. 그나저나 병사들의 체력이 걱정이군."

이혼은 그러면서 걸어가고 있는 병사들을 응시했다.

갓산토다성을 나온 후에 병사들은 제대로 쉬어보지 못했다.

정기룡이 담담한 얼굴로 대꾸했다.

"훈련을 충실히 받았으니 아직까진 괜찮을 것이옵니다."

"그랬으면 좋겠군."

이혼은 걱정스런 표정을 감추지 못했다.

2사단이 주축을 이룬 지원부대는 점심을 거른 채 계속 걸었다.

지원부대의 목적인 지원을 제대로 하기 위해선 끊임없이 걸어야했다. 그들이 언제 도착하느냐에 따라 1연대, 아니 1사단의 명운이 바뀔 수 있어 쉰다는 생각은 절대 하지 못했다.

지원부대는 날이 완전히 저물기 전까지 꾸준히 걸었다. 그러나 날이 다 저문 후에는 행군할 수 없었다. 야간행군은 눈을 가린 상태로 괴물이 가득한 숲을 통과하는 일과 같았다.

언제, 어떻게 당할지 모르는 일이었다.

정기룡은 수색대대를 내보내 부대가 노숙할만한 장소를 찾았다.

얼마 지나지 않아 사방이 넓게 트여있는 공터를 찾았다.

수색대대와 함께 그 일대를 둘러본 정기룡이 외쳤다.

"오늘은 이 공터에서 밤을 보낼 테니 야숙할 준비를 서둘러라!"

"예!"

장교들은 부하를 지휘해 야숙준비에 들어갔다.

군막을 세운 다음, 화덕을 만들고 그 위에 솥을 걸었다. 그리고 외곽에는 참호를 파거나, 목책을 세워 적을 방비하였다.

저녁을 먹은 병사들은 군막에 들어가거나, 아니면 화덕에 모여 잠을 청했다. 워낙 피곤했던지라, 금세 잠에 빠져

들었다. 어제 잠을 설친 이혼 역시 수마(睡魔)를 이겨내지 못했다.

모두 곤히 잠든 시각.

정기룡은 처소를 나와 북쪽으로 움직였다.

달빛이 약해 은밀히 움직이기에는 더 없이 좋았다.

정기룡을 따르는 사람은 사단장 부관과 사단 수색대대의 장교 두 명뿐이었다. 세 사람은 말도 타지 않은 채 도둑고양이가 움직이듯 야음을 틈타 은밀히 외곽 쪽으로 이동했다.

외곽에 있는 참호에 접근하는 순간.

발밑에서 용아 총구 하나가 쑥 올라왔다.

"멈춰!"

세 사람은 익숙한 듯 즉시 동작을 멈추며 다음 말을 기다렸다.

용아를 내민 병사가 다시 소리쳤다.

"화랑!"

부관이 앞으로 나와 외쳤다.

"신라!"

암구호 확인을 마친 병사가 나무와 풀을 엮어 만든 지붕을 걷어냈다. 유개호(有蓋壕)였다. 병사가 멈추라고 소리치지 않았으면 그냥 지나갔을 정도로 주변 지형과 잘 어울렸다.

참호 안에서 훌쩍 뛰어올라온 병사가 군례를 취하며 물었다.

"우선 신분을 밝혀주십시오."

그 말에 정기룡이 앞으로 나왔다.

"사단장이다."

그 말에 깜짝 놀란 병사가 다시 한 번 군례를 올렸다.

정기룡이 병사의 어깨를 두드리며 칭찬했다.

"규정대로 잘 했다."

"감사합니다."

"우리 세 명은 밖에 볼 일이 있다."

"알겠습니다. 이쪽은 참호가 깊으니 저쪽으로 건너가십시오."

정기룡 등은 병사가 가리킨 방향을 통해 외곽지대를 벗어났다.

이곳부터는 그야말로 적지 한가운데였다.

어디서 공격당할지 몰라 촉각을 곤두세웠다.

시간이 조금 흐른 후에는 수색대대 장교가 앞에서 걸어갔다.

"제가 안내하겠습니다."

정기룡과 사단 부관은 장교의 안내를 받아 어둠에 쌓인 길을 조용히 움직였다. 얼마 지나지 않아 반대편에서 병력이 나와 그들을 마중했다. 바로 저녁에 수색을 나간 수색대였다.

수색대는 맡은 임무의 특성상, 진채 안보다 밖에 있을 시간이 많아 수색대가 돌아오지 않는 게 이상한 일은 아니었다.

한데 밤이 되어도 돌아오지 않던 수색대가 본진 근처에 있었던 것이다. 더구나 사단장이 직접 위험을 감수해가며 그들을 찾아왔다는 것은 모종의 밀약이 있었던 것이라 봐야했다.

정기룡은 수색대대장을 만나 물었다.

"적의 위치는?"

"확인했습니다."

"고생이 많았다. 이제 적이 움직이면 기다렸다가 뒤를 쳐라."

"예."

"무기는 충분히 가져왔나?"

정기룡의 질문에 수색대대장이 대답했다.

"예, 나올 때 사단 병기관이 따로 챙겨주었습니다."

고개를 끄덕인 정기룡은 다른 사람들의 눈에 띄지 않도록 조용히 복귀했다. 정기룡이 나갔다가 들어왔다는 것을 아는 사람은 2사단 내에 부관과 참호를 지키던 초병 셋뿐이었다.

정기룡은 사단장 처소에 들어가 부관과 마주앉았다.

쉰 줄에 들어선 정기룡에 비하면 무척 젊은 부관이었다.

정기룡이 그를 발견한 것은 임진왜란이 한창일 무렵이었다.

본관은 하동(河東), 자는 상수(祥叟)였는데 임진왜란이 일어나던 해에 무과 급제했다. 그리고 그 후에 선전관을 제수 받는 등 요직을 거쳐 현재 2사단 부관으로 재직 중이었다.

부관은 지휘관을 양성하기 위해 있는 자리였다. 원래 임무는 지휘관을 지근거리에서 보좌하는 것이었지만 그 보다는 옆에서 지휘관의 지휘를 보며 배우는 게 가장 큰 목적이었다.

그런 점에서 볼 때 정기룡의 부관은 싹이 파랗다 못해 눈이 부실 지경이었다. 당장 1군을 지휘할 수 있는 재목이었다.

그 부관의 이름은 정봉수(鄭鳳壽)였다.

불빛이 약해진 등잔에 기름을 부은 정봉수가 앉으며 물었다.

"오늘 적이 올 거라고 보십니까?"

"온다. 그리고 와야 할 것이다."

"이유를 여쭤 봐도 되겠습니까?"

정봉수의 질문에 정기룡이 팔짱을 끼며 대답했다.

"어제 야습은 오늘을 위해 준비한 것일 것이다."

"예?"

"적들은 어제 우리가 잠 한 숨 자지 못한 것을 알고 있다. 저들이 그렇게 만들었으니까 당연하겠지. 그리고 낮에는 다시 종일 행군했으니 피로를 풀 시간이 전혀 없는 셈이다."

정기룡의 말에 정봉수가 무언가를 깨달은 표정으로 말했다.

"저들이 어제 공격해온 것은 거름을 뿌린 것과 같군요."

"비유가 재미있군. 맞다. 저들은 네 말대로 거름을 뿌려둔 셈이지. 그리고 오늘 열매를 따기 위해 기습을 해올 것이다."

"언제로 보십니까? 기습 말입니다."

정봉수의 거침없는 질문에 정기룡이 피식 웃었다.

"내가 적장이라면 우리가 막 잠들었을 시점을 노렸을 것이다."

그 말에 정봉수가 고개를 끄덕였다.

"그렇게 하면 아군이 피로를 풀 시간이 없겠군요."

"맞다. 그러나 적들은 그렇게 하지 않았다. 기회를 놓친 것이다."

"그럼 기습 시간은?"

"통상적인 수법을 사용할 거란 뜻이겠지."

정기룡의 대답에 정봉수가 짚이는 게 있다는 표정으로
말했다.

"새벽이겠군요."

"십중팔구 그럴 것이다."

그 말에 정봉수가 눈을 빛내며 말했다.

"오늘은 긴 밤이 되겠습니다."

"교대로 잠을 자두는 게 좋겠다."

"예, 장군."

정기룡과 정봉수 두 명은 번갈아 잠을 자며 기습을 기다
렸다. 먼저 정기룡이 잠을 자고 그 사이 정봉수가 번을 섰
다.

그렇게 한 시진이 지났을 무렵.

이번에는 반대였다.

정봉수가 휴식을 취하는 사이, 정기룡이 번을 섰다.

침상에 누운 정봉수는 옆으로 돌아누우려다가 팔짱을
낀 채 서서 밖을 응시하는 정기룡의 등을 보았다. 정기룡
은 마치 석상처럼 서서 움직이지 않았다. 앉아서 기다릴
수 있었지만 몸이 편하면 원래 잠이 오기 마련이었다. 정
기룡은 만전을 기하기 위해 모든 변수를 차단하려 하고 있
었다.

반대쪽으로 돌아누운 정봉수는 눈을 감았다.

그러나 잠이 쉽게 오지 않았다.

몸은 천근만근인데 머리가 말을 듣지 않았다.

정봉수는 억지로 눈을 감았다.

그리곤 정기룡이 세운 계책을 찬찬히 떠올려보았다.

그가 정기룡이었다면 오늘 아침에 대대적인 수색을 벌였을 것이다. 어제 기습한 적을 찾아내지 못하면 행군하는 내내 불안에 떨 수밖에 없었다. 그러나 정기룡은 전혀 다른 대책을 내놓았다. 오히려 새벽부터 행군해 어젯밤 기습이 전혀 효과가 없었던 것처럼 만들었다. 그리고 적을 찾아 나서지 않았다. 어디에 숨어있을지 모르는 적을 찾기 위해 심력과 인력을 낭비하느니 차라리 적이 오게 하는 게 더 이득이란 생각이었다. 정봉수는 정기룡을 보며 많이 배웠다.

선잠이 들었던 정봉수는 누군가 흔드는 느낌에 벌떡 일어났다.

어느새 철모를 착용한 정기룡이 목소리를 낮춰 말했다.

"진채 밖에 있는 수색대가 소식을 보내왔다."

정봉수가 피곤했는지 갈라진 목소리로 급히 물었다.

"적이 온 겁니까?"

고개를 끄덕인 정기룡은 군막을 나와 남쪽으로 걸어갔다. 급히 철모와 방탄조끼를 챙겨 입은 정봉수가 그 뒤를 쫓았다.

남쪽 참호에 도착한 정기룡이 손가락으로 숲 사이를 가리켰다.

"저 숲에 숨어있다는 첩보다. 가서 병사들을 준비시켜 두어라."

"알겠습니다."

대답한 정봉수는 남쪽을 지키던 1연대 1대대장에게 알렸다.

"적이 놀라 도망가 버리면 헛수고이니 조심해달란 명입니다."

"알겠네."

대대장은 바로 휘하 중대장들을 소집해 정기룡의 명을 전했다.

"서둘러라."

"예."

중대장들은 다시 자기 참호에 뛰어가 부하들을 준비시켰다.

1대대가 모든 준비를 마쳤을 무렵.

동이 터오려는지 동쪽부터 어슴푸레해졌다.

서로의 얼굴을 알아볼 수 있을 만큼 밝지는 않았지만 한밤중처럼 어두운 것도 아니었다. 그야말로 묘한 시간대였다.

지금은 어둠에 익숙해져있던 사람의 눈이 빛에 적응하

지 못해 곤란을 겪을 시점이었다. 사람은 눈으로 본 형상을 뇌로 판단한다. 그 시간이 극히 짧기 때문에 보는 순간, 바로 판단이 서는 거처럼 보이지만 실제로 그런 것은 아니었다.

더욱이 눈의 시신경은 다른 감각기관보다 뇌에 더 가까웠다. 즉, 거리가 짧기 때문에 더 빨리 판단할 수 있는 것이다.

그러나 인간의 눈은 컴퓨터가 아니었다.

주변상황에 따라 인간의 눈이 혼란을 겪는 경우가 있었는데 지금이 그러했다. 눈으로는 볼 수 있지만 뇌에서 판단을 보류하거나, 아니면 거짓 정보에 오작동을 일으키는 것이다.

인간의 눈은 상황에 적응이 가능했다.

빛에 적응한 눈과 어둠에 적응한 눈이 다른 것이다.

빛과 어둠이 교차할 때 눈이 빠르게 적응할 수 있다면 좋겠지만 인간은 그럴 수가 없었다. 그래서 지금처럼 어둠과 빛이 공존하는 시간대에는 오히려 사물을 판단하기 어려웠다.

그래서 이 시간대를 기습하기 좋은 시간대로 여겼다.

적 역시 오랜 전쟁을 거치며 이 점을 아는 게 분명했다.

그러나 그들의 상대는 평범한 장수가 아니라, 정기룡이었다.

정기룡의 노림수에 정확히 걸려든 것이다.

숲에서 나온 무언가가 참호를 향해 서서히 접근해오고 있었다.

처음에는 나무의 그림자가 길게 늘어진 건 줄 알았는데 자세히 보니 아니었다. 장창과 왜도를 소지한 적 수백 명이었다. 기습할 생각이 분명한 듯 참호가 있는 쪽으로 걸어왔다.

1대대 중대장들은 병사들이 개별행동을 하지 못하도록 단속했다. 지금은 적을 참호에 최대한 가까이 끌어들일 때였다.

허리를 잔뜩 숙여 보이는 면적을 줄인 적들이 참호 10미터 앞에 도착했다. 잠시 후, 거리는 9미터, 8미터, 5미터, 3미터, 1미터로 줄었다. 그리고 마침내 적이 참호에 당도했다.

유개호인지라, 그 앞에서 잠시 멈칫했다.

그러나 곧 유개호 지붕을 발견해내곤 그쪽으로 손을 뻗었다. 유개호 위에 덮어둔 나뭇가지가 뒤쪽으로 쓸려 내려갔다.

그리고 지붕이 들리며 시커먼 어둠이 눈앞에 나타났다.

참호 안에 숨은 병사들은 숨을 멈춘 채 대기했다.

삐이익!

그 순간, 짧은 호각소리가 참호를 갈랐다.

그리 크지 않았지만 다들 숨을 죽이고 있던 터라, 천둥소리처럼 크게 들려왔다. 그리고 그와 동시에 참호 안에 자리한 시커먼 어둠 속에서 착검한 용아의 총구가 쑥 올라왔다.

푹!

유개호 지붕을 들어 올린 적의 가슴에 총검이 파고들어갔다.

뒤이어 튀어나온 손이 주저앉는 적을 참호 안으로 끌어당겼다.

그 다음은 일사천리였다.

유개호 밖으로 튀어나온 총구가 일제히 불을 뿜기 시작했다.

탕탕탕!

코앞에 당도해 있던 적들이 죽음의 춤을 추며 무너졌다.

피할 공간이 없었다.

너무 가까이 접근한지라, 도망치기에는 이미 늦었다.

그걸 깨달은 적들은 참호 속에 가지고 온 무기를 휘둘렀다.

그러나 그 무기가 1대대 병사들을 가르기 전에 용아가 먼저 불을 뿜었다. 시뻘건 총구 화염이 빛과 어둠이 공존하는 새벽하늘에 횃불처럼 번쩍였다. 조용하던 참호는 이내 아수라장으로 변했다. 고함과 총성, 비명이 어우러져 들려왔다.

순식간에 수십 명이 나자빠졌다.

그리고 시간이 조금 더 흐른 후에는 수백 명이 피를 흘리며 쓰러졌다. 적은 완벽한 기습이라 생각했겠지만 오히려 기습에 당한 것은 그들이었다. 사지에 걸어 들어간 셈이었다.

"죽폭을 던져라!"

누가 외쳤는지는 상관없었다.

병사들은 그 소리에 따라 죽폭에 불을 붙여 앞으로 굴렸다.

펑펑펑!

죽폭 수십 발이 참호를 따라 터져나갔다.

유개호 밑에 숨은 병사들은 파편을 피할 수 있었지만 노출되어있던 적들을 그럴 수가 없었다. 죽폭이 쏟아내는 파편이 온몸에 박혀 바닥을 뒹굴었다. 입에선 신음이 터져나왔다.

"돌격!"

이번에는 대대장의 목소리가 분명했다.

중대장들이 먼저 유개호의 지붕을 열고 밖으로 나왔다.

"1중대 돌격!"

"2중대 앞으로!"

중대장들의 명령에 즉각 반응한 병사들이 참호 밖으로

쏟아져 나와 사방으로 흩어지는 적을 공격했다. 다시 한 번 용아가 불을 뿜었다. 그리고 불이 붙은 죽폭이 허공을 갈랐다.

불벼락이었다.

사방에 연기와 화염, 그리고 피와 비명이 난무했다.

그제야 적들은 틀렸다는 것을 직감했다.

뒤에서는 계속 공격을 명했지만 선두에 선 적들은 그 명을 듣지 않았다. 아니, 들을 수가 없었다. 이는 미친 짓이었다.

몸을 돌린 적들은 살길을 찾아 도망치기 시작했다.

그러나 정기룡은 한 번 수중에 들어온 적을 놓칠 만큼 어수룩한 사람이 아니었다. 한 번 잡은 승기는 절대 놓지 않았다.

숲으로 도망치던 적들은 숲 안쪽에서 들려오는 총성과 비명소리에 아연실색했다. 그곳에는 조선군이 없어야했다. 그들이 숲을 통해 참호에 접근했으니 당연히 없을 거라 생각했다.

한데 아니었다.

밤새 숨어있던 2사단 수색대대가 마침내 모습을 드러낸 것이다.

수색대대는 용아와 죽폭으로 다가오는 적을 공격했다.

앞뒤가 막힌 적들은 급히 형세판단을 시작했다.

아무리 생각해도 참호 쪽은 아니었다.

참호 쪽의 방어는 그들이 어찌해볼 수 있는 수준이 아니었다.

그렇다면 방법은 하나 밖에 없었다.

숲에 들어가 그곳을 막은 수색대대를 치는 것이다.

한마음 한뜻이 된 적들은 숲 안으로 미친 듯이 돌격해갔다.

기세가 워낙 사나워 그들 앞에선 아무리 수색대대라고 해도 버티지 못할 것 같았다. 그러나 이는 수색대대를 우습게 안 것이다. 그리고 우습게 안 대가를 혹독하게 치러야했다.

펑펑펑펑!

수색대대가 설치해놓은 용염이 터지며 숲에 화광이 충천했다.

아름드리나무들이 굉음을 내며 쓰러졌다.

불이 붙은 잔가지가 온 사방에 불똥을 쏟아냈다.

새벽녘의 습기는 적들에게 전혀 도움이 되지 않았다.

짐승들의 안식처였던 숲은 어느새 죽음의 골짜기로 변했다.

불이 붙은 나무가 도망치는 적의 머리 위에 떨어졌다.

그리고 사방에 가득한 화염은 도망치는 적을 가두어버렸다.

수색대대장은 자신들 쪽으로 번져오는 화광을 보며 소리쳤다.

"퇴각한다! 퇴각장소는 1지점이다!"

"예!"

수색대가 급히 퇴각할 무렵.

적의 기습소식을 들은 이혼은 급히 남쪽 진채로 향했다.

그리고 그곳에서 전황을 지휘하던 정기룡과 만났다.

"어찌된 일이오?"

"새벽녘에 적이 기습해와 격퇴했사옵니다."

"오, 그럼 어제 말한 그 대책이 통한 셈이군."

"그렇사옵니다."

이혼은 진심으로 정기룡을 칭찬했다.

"정말 잘해주었소."

"이는 모두 부하들이 잘 따라준 덕분일 것이옵니다."

수색대가 무사히 합류한 것으로 전투는 끝났다.

불이 붙은 숲은 여전히 화광을 뿜어냈다.

그리고 검은 연기는 수백 미터 상공을 뒤덮었다.

이미 동이 완전히 튼지라, 온 세상이 활활 타오르는 듯했다.

"적들이 우리가 어디쯤에 있는지 알겠군."

이혼의 말에 정기룡은 말없이 고개를 끄덕였다.

이혼의 말 대로였다.

요나고성에 있던 적은 조선군의 지원부대 위치를 확인했다.

그러나 어떻게 된 일인지는 알지 못했다.

서쪽 방향에 연기가 피어오른 이유가 기습이 성공해서 그런 것인지, 아니면 실패해서 그런 것인지 알지 못한 것이다.

사실, 둘 중 어느 쪽이라도 상관없었다.

요나고성을 지키던 적들은 이미 병력지원을 받은 상태였다.

요나고성 주위에 있는 적은 그새 2만이 더 늘어있었다.

우선 하리마에서 이케다 데루마사의 병력 1만 5천이 더 도착했다. 그리고 코이데 요시마사가 지휘하는 코이데군 5천이 새로 도착해 적의 병력은 이제 4만을 훌쩍 넘은 상태였다.

코이데 요시마사의 코이데가문 역시 이케다형제처럼 주코쿠 여러 곳에 영지가 있었다. 이케다형제에 비해 세력이 약하긴 하지만 교토로 가는 길을 막기 위해 소매를 걷어붙였다.

조선군 역시 지원군이 도착해있었다.

고대하던 황진의 1사단 본대가 어제 도착해 합류한 상태였다.

1연대장 김완은 한 시름 덜었다는 표정이었다.

이제 조선군의 지휘 책임은 1사단장 황진에게 있었다.

황진은 사단 수색대를 내보내 적의 숫자와 진형을 파악했다.

"4만이란 말이군."

그 말에 보고를 위채 찾아온 사단 수색대장이 대답했다.

"예, 전투병은 4만에 육박하는 것으로 보였습니다. 그리고 부속 인원까지 합치면 거의 5만에 이르는 대병력이었습니다."

"진형은?"

"요나고성 북동쪽에 이번에 도착한 코이데군 5천이 자리를 잡았고 남동쪽엔 이케다가문의 동생 이케다 나가요시가 새로 지원받은 병력 1만과 같이 있습니다. 그리고 적의 나머지 병력 2만5천은 이케다 데루마사와 함께 남쪽에 있습니다."

수색대대장의 대답을 들은 황진은 팔짱을 낀 채 고민에 빠졌다.

잠시 후, 팔짱을 푼 황진이 탁자 앞으로 다가앉았다.

"잘들 들으시오."

그 말에 배석한 연대장 네 명이 고개를 숙였다.

"예, 장군!"

황진이 담담한 어조로 입을 열었다.

"1연대의 원래 목적이 무엇이었소?"

그 말에 김완이 다른 연대장들을 힐끗 보며 대답했다.

"요나고성의 점령이었습니다."

"맞소. 요나고성의 점령이오. 성의 점령이 우리의 1차적인 목적이었으니 그 목적을 이루기 위한 작전을 실행할 것이오."

황진의 말에 연대장 네 명은 서로의 얼굴을 바라보았다.

생각지 못한 작전이었다.

요나고성에 있는 나카무라군이 약한 것은 주지의 사실이었다.

지금 병력이면 몇 시간 안에 점령이 가능했다.

그러나 그렇게 할 수 없었다.

그 좌우에 적의 대군이 있었던 것이다.

이케다형제가 눈을 부릅뜨고 지켜보는지라, 성의 점령은 머릿속에서 완전히 지워버리고 이케다형제쪽만 주시를 해왔었다.

한데 적의 숫자가 불어난 지금, 황진은 오히려 요나고성 점령을 천명한 것이다. 예상치 못한 전개에 다들 당황한 듯했다.

1연대장 김완이 급히 물었다.

"방법이 있습니까?"

황진이 그 동안 구상한 작전을 연대장 네 명에게 말해주었다.

황진이 생각할 법한 작전이었다.

그야말로 태풍이 몰아치는 듯한 작전이었다.

연대장 네 명은 각자 맡은 임무를 되뇌며 부대로 돌아갔다.

1연대장 김완이 부관 남이흥에게 작전의 세부사항을 전했다.

듣고 난 남이흥이 놀란 얼굴로 물었다.

"정말입니까?"

"그렇다. 곧 시작하니 예하 부대에 속히 전파하라."

"알겠습니다."

1연대의 준비가 거의 끝났을 무렵.

근처 언덕 위에 올라간 황진이 지휘봉을 뽑았다.

"시작해라!"

황진의 지시를 받은 통신병 두 명이 깃발을 휘둘렀다.

언덕을 주시하던 김완이 깃발을 봄과 동시에 고함을 질렀다.

"1연대 앞으로 돌격!"

김완 역시 벌떡 일어나 요나고성 북동쪽으로 달려갔다.

그 앞에는 어제 막 도착한 코이데군 5천이 있었다.

코이데군 5천을 지휘하던 코이데 요시마사는 마침 작전을 상의하기 위해 이케다 데루마사의 진채로 거동한 상태였다.

코이데가문의 코이데 요시마사, 아니 요나고성 부근에 주둔한 적들은 조선군이 먼저 공격해오리라곤 전혀 생각지 못했다.

적은 1만이었고 그들은 4만이었다.

병력 1만으로 4만을 보유한 상대에게 달려드는 적은 없었다.

그야말로 바보 같은 짓이었다.

자신의 병력이 적보다 현저히 부족할 때는 방어가 최선이었다.

방어를 굳건히 하다가 기회를 엿보는 게 병법의 기본이었다.

코이데 요시마사는 적이 절대로 선공해오지 않을 거라 생각했다. 그래서 진채를 비운 채 이케다쪽에 가있었던 것이다.

한데 조선군에는 바보가 있는 모양이었다.

1만의 병력으로 4만을 가진 적에게 싸움을 먼저 걸어온 것이다.

"달려라! 멈추지 마라! 이는 시간과의 싸움이다!"

김완은 연신 손짓하며 뒤쳐진 병력을 독려했다.

1연대 병사들은 북동쪽으로 미친 듯이 달려갔다.

작은 언덕과 시내를 바람처럼 통과하니 적의 진채가 보였다.

적은 조선군의 기습을 그제야 눈치 챘는지 바쁘게 움직였다.

그러나 코이데 요시마사가 없는지라, 움직임에 목적이 없었다.

탕탕!

적이 발사한 조총 탄환이 1연대 병사 사이를 갈랐다.

탄환에 맞은 병사 몇 명이 바닥을 뒹굴었다.

김완은 목청이 터져라 외쳤다.

"연폭을 던져라!"

지시를 받은 병사들이 연폭에 불을 붙여 던졌다.

치익!

연폭의 심지가 다 타들어가는 순간.

펑하는 폭음이 울리더니 짙은 연기가 뿜어져 나왔다.

뭉게구름처럼 피어오른 연기가 1연대의 접근을 숨겨주었다.

조총의 총성이 계속 울렸지만 탄환은 허공을 가를 뿐이었다.

그 사이, 진채 앞에 도착한 1연대는 죽폭에 불을 붙여 던졌다.

불이 붙은 죽폭이 목책을 넘어가 그 뒤에 떨어졌다.

콰콰콰쾅!

죽폭이 터지며 목책 뒤에 서있던 적들이 나가떨어졌다.

목책을 지키던 적의 방어병력에 공백이 생긴 것이다.

"사다리!"

1연대 1대대 1중대장 정충신이 고함을 질렀다.

잠시 후, 뒤에 있던 부하들이 달려와 목책에 사다리를 걸었다.

철컥!

사다리 끝에 달린 갈고리가 목책 뒤에 박히는 순간.

중대 부사관 하나가 사다리를 재빨리 기어 올라갔다.

그때, 조총 총성이 울렸다.

사다리 끝에 도착한 부사관이 허우적거리며 밑으로 떨어졌다.

정충신은 쓰러지는 부사관을 받아 상처를 살폈다.

방탄조끼에 맞아 목숨에는 지장 없었다.

"빨리 후송시켜라!"

부사관을 후송 보낸 정충신은 부하가 든 방패를 집었다.

그리곤 심호흡을 하였다.

심호흡 덕분인지 전에 없던 용기가 솟아났다.

심호흡한 정충신은 한손으로 사다리를 잡아가며 기어올랐다.

탕탕!

조총의 총성이 울렸지만 그가 든 방패에 막혔다.

사다리 끝에 선 정충신은 목책 밑으로 몸을 날렸다.

목책 밑에 있던 적 두 명이 그에게 깔려 나자빠졌다.

정충신은 일어나자마자 방패를 미친 듯이 휘둘렀다.

기세가 얼마나 사나웠던지 다가오던 적들이 펄쩍 뛰어 피했다.

"이거나 먹어라!"

정충신은 들고 있던 방패를 다시 다가오던 적에게 힘껏 던졌다.

방패에 맞은 적은 코뼈가 부러졌는지 피를 분수처럼 쏟아냈다.

그때였다.

옆에서 접근해온 적이 괴성을 지르며 왜도로 그를 베어 왔다.

정충신은 급히 돌아서며 왜도를 피했다.

날선 왜도가 허공을 자르며 빗나갔다.

정충신은 그대로 몸을 날려 왜도를 쥔 적의 어깨를 잡았다.

그리곤 적의 뒤로 돌아가 팔뚝으로 목을 감았다.

이어 적의 팔목을 후려쳐 그가 쥔 왜도를 떨어트렸다.

정충신은 인간 방패로 삼은 적을 앞세워 앞으로 걸어갔다. 차마 동료는 찌를 수 없었던지 적들이 움찔거리며 물러섰다.

정충신은 방패로 삼은 적을 밀며 등에 맨 용아를 뽑았다. 용아엔 이미 총검이 부착되어있었다. 정충신은 착검한 용아를 적의 등에 찔러갔다. 워낙 긴장한 상태인지라, 힘 조절이 되지 않았다. 등에 박힌 총검이 가슴 쪽으로 튀어나왔다.

총검을 뽑은 정충신은 다시 다가서는 적을 겨누었다.

탕!

방아쇠가 움직이는 순간.

달려들던 적이 고꾸라졌다.

정충신은 약실을 열어 새 탄환을 장전했다.

적들은 그 틈을 주지 않기 위해 다시 달려들었다.

그러나 사실 정충신은 두 번째 탄환을 장전할 필요가 없었다.

이미 그의 부하들이 사다리를 통해 건너왔던 것이다.

정충신 옆에 1중대 병사 10여 명이 호위하듯 서있었다.

정충신이 고개를 돌리며 뒤에 대고 소리쳤다.

"진행상황을 보고해라!"

"끝났습니다!"

"폭파시켜!"

"예!"

대답이 끝나고 얼마나 지났을까.

콰아앙!

폭음이 울리더니 목책 한 곳이 완전히 무너져 내렸다.

1중대 병사들이 용폭으로 목책을 무너트린 것이다.

적들이 정충신에게 신경 쓰는 틈을 노린 작전이었다.

"진채 안으로 돌격하라!"

1중대 병사들이 무너진 목책으로 쏟아져 들어갔다.

그리고 1중대 다음에는 1대대 전체가 돌입에 나섰다.

1대대 병사들은 목책 곳곳에 용폭을 설치해 목책을 터
트렸다.

지켜보던 김완이 벌떡 일어나 소리쳤다.

"1연대 돌격하라!"

목책이 무너진 곳으로 1연대 병사들이 진입했다.

목책이 무너지면 무너질수록 1연대 병사들의 수가 많아
졌다.

급기야 김완이 지휘하는 1연대 전체가 코이데군의 목책
안에 입성해 우왕좌왕하는 적을 동쪽으로 밀어붙이기 시
작했다.

"군막에 불을 질러라!"

김완의 명에 횃불을 든 병사들이 군막에 불을 붙였다.

적의 저항이 강한 곳에는 죽폭을 던져 불을 붙였다.

군막으로 가득하던 코이데군 진채가 불길에 휩싸였다.

1연대는 거침없이 진격했다.

한편, 자신이 자리를 비운 사이에 당했다는 것을 안 코이데 요시마사는 이케다 나가요시와 함께 북동쪽으로 달려갔다.

코이데 요시마사와 이케다 나가요시는 코이데군을 구하는데 정신이 팔려있었다. 그래서 좌우를 제대로 살펴보지 않았다.

그때였다.

이케다 나가요시가 비워둔 곳을 1사단 2연대가 기습 점령했다.

그리고 1사단 3연대와 5연대는 요나고성으로 진격을 시작했다.

그야말로 숨 돌릴 틈을 주지 않는 맹공격이었다.

〈14권에서 계속〉